お飾り王妃は華麗に退場いたします

クズな夫は捨てて自由になっても構いませんよね？

[著] 雨宮れん
[画] わいあっと

目次

オリヴィア・ウェーゼルク
イリアーヌ王国の辺境伯家に生まれた令嬢。
実家が魔獣討伐を担っていたため
自身も魔法の力を磨いてきた才色兼備。
幼馴染のルークに長年恋心を抱いていたが、
ストラナ王国の王・グレゴールとの
政略結婚が決まる。
お飾り王妃は
華麗に退場いたします
クズな夫は捨てて自由になっても構いませんよね？

ルーク・ブロイラード

アードラム帝国の貴族。オリヴィアたち兄弟の
幼馴染で、オリヴィアの初恋の相手でもある。
彼女にプロポーズをするも
直後に政略結婚が決まってしまう。

グレゴール・ベリンガー

イリアーヌ王国の隣国・ストラナ王国の
若き王。後継者争いで国が荒れたため、
安定を図るためオリヴィアと
政略結婚するも彼女を無視し続ける。

マリカ

オリヴィアの専属侍女、兼護衛。
オリヴィアのことを誇りに思っており、
彼女を虐げるものについては殺意高め。
口癖は「とりあえず殺っておきます？」

エリサ

オリヴィアの専属侍女。マリカの義妹で、
オリヴィアと義姉に忠誠を誓っている。
尋問術が得意で、ハニートラップの達人である。
日く「手を握らせたらイチコロ」。

ケイト

グレゴールの愛人。
貴族ではなかったが
「聖女の力」に目覚めたことで
権力を手にする。

ダミオン

やり手の商人。
お飾りの妃となった
オリヴィアのため、
ストラナ王国に出店する。

エーリッヒ

オリヴィアの兄で
辺境伯家の跡取り。
ルークの親友で、
魔術の腕前も確か。

アントン

オリヴィアの弟。
ルークが大好きで、
姉との未来を
期待していた。

プロローグ

一度もオリヴィアを見てくれなかった『夫』と共に、オリヴィアは広間に足を踏み入れた。

（いよいよ、今日が来たのね……）

この日のために選んだのは、深紅のドレス。

黒いレースを随所にあしらったそれは、物語の中の悪女が身に着けているもののように見えるかもしれない。

ドレスには金の刺繍《ししゅう》が施され、身を飾る宝石は、オリヴィアの目の色と同じ赤いガーネットとダイヤモンドが中心だ。黄金の台座にはめ込まれた宝石がキラキラと輝く。

スカートの裾は、オリヴィアが歩みを進めるのと同時に優雅に揺れた。堂々たる王妃の風格である。

「さあ、陛下。参りましょう」

笑みを浮かべて、『夫』であるグレゴールを中へと誘う。グレゴールは、オリヴィアに目を向けると、口元をゆがめた。

彼との関係が良好だったことなど一度もない。冷えきった夫婦だ。いや、彼と夫婦だったことなど一度もない。オリヴィアは名前だけの王妃なのだ。

――だが、それも今日で終わり。

グレゴールの腕を借りて広間に足を踏み入れると、周囲の視線はグレゴールではなく、その隣を歩くオリヴィアに向けられた。

嫁いで五年。ほぼ離宮で暮らしていた王妃。

魔獣討伐の場で彼女の姿が見られるようになったのは、ここ数年のこと。

オリヴィアのことをあざけっていた女性達は、彼女のまとうドレスの素晴らしさに言葉を失っている様子だった。

やがて、今日の主賓がゆっくりとやってくる。黒い髪と黒い目に合わせた黒い正装が、長身の彼をより堂々と見せていた。

ルーカス・オラヴェリア。隣国であるアードラム帝国の皇太子である。

彼は、誰もが予想していなかっただろう言葉を口にした。

「我が最愛の婚約者、オリヴィア・ウェーゼルクを返してもらいたい！」

今日、決着をつけるとは言っていたけれど、まさかここから始めるとは。

焦った様子のグレゴールに、オリヴィアは薄い笑みを向けた。

己の罪を、この場で認めなければならない状況にまで追い込まれてしまえ。

――さあ、陛下、離婚いたしましょう。

私達の結婚は、最初から成立していなかったのだから。

第一章　初恋は忘れて嫁ぎましょう

「オリヴィア、そっちに行ったぞ！」

「まかせて！」

イリアーヌ王国の南に位置するウェーゼルク辺境伯領。領地の西はアードラム帝国との国境にまたがる、魔の森と呼ばれる魔獣が多く出没する地域に面していた。

この地には夏になると魔獣が多数押し寄せてくる。そのため、氾濫《はんらん》した魔獣を退治するのは、辺境伯家にとっては毎年恒例の行事。そして、辺境伯家の者達は全員なんらかの役目を負うことになっている。たとえ、子供であったとしても、女性であったとしても。

オリヴィアは魔力を集中させ、炎の壁を展開する。炎の壁に突っ込んでしまった魔獣達の悲鳴が響き渡った。

本能的に炎を恐れた魔獣達は、進む速度を落とした。そこに打ち込まれるのは多数の矢。さらには、魔術による攻撃が次から次へと襲いかかる。

邪魔にならないよう束ねてある金髪が、日の光を受けて煌《きら》めく。オリヴィアの赤い目は、強い魔力を持つ証。

「追加で攻撃するわ！」

魔獣達の動きが低下している間に、オリヴィアは新たな攻撃魔術を放つ。魔獣達の上に氷の槍《やり》が降りかかった。

城壁の上から襲いくる魔術の前になす術《すべ》もなく、魔獣達は槍に貫かれ、動けなくなっていく。それでもなお、仲間達の死体を乗り越え、前方に進もうとする魔獣の群れ。この時期の魔獣達は、正常な判断力を失っている。

突撃していった一団が、障害物を乗り越えてきた魔獣達を次から次へと切り倒していく。

――そして。日が暮れようとする頃、魔獣達の侵攻がぴたりと止まる。森の奥へと引き上げていく魔獣達。

正常な判断力を失ってはいるが、この時期の魔獣は、日が暮れる頃には巣穴に戻る。人間の側は、一息つく時間を与えられるということになる。

「終わったぞ！」

「怪我人を回収しろ！」

「日が暮れる前に、全員撤収！　負傷者と死亡者を報告！」

隊長達がてきぱきと指示を出すのを耳にしながら、オリヴィアはほっと息を吐きだした。

（お父様、お兄様達は無事かしら……？）

魔獣討伐に追われるのは毎年恒例になっているとはいえ、いつだって家族の無事を祈らずにはいられない。

オリヴィアがハンカチを取り出し額《ひたい》の汗を拭うと、横からさっと冷たい水が差し出された。

「ありがとう、マリカ」

「オリヴィア様の侍女ですから、当然でございます」

マリカは、オリヴィアの専属侍女だ。護衛も兼ねているため、こうして戦いの場にも同行する。彼女に任せておけば、オリヴィアの護衛も問題ないというのが周囲の見解だ。

「エリサは？」

「妹は、治療の手伝いに向かいました」

「では、私もそちらに」

「かしこまりました」

マリカを従えたオリヴィアが歩みを進めると、周囲の人達が道をあけ、頭を下げてくる。

オリヴィアを見た時、一番印象的なのは豪奢《ごうしゃ》な金の髪だろう。一本に束ね、背中に流した髪は、緩やかに波打ち、通り過ぎた者は誰でも一瞬目を奪われる。背は高く、ピンと背筋が伸びた姿は貴族令嬢のお手本のよう。

吊《つ》り目がちで通った鼻筋、形のよい唇が、卵型の顔の中にバランスよく配置されている。あまりにも完璧な造形は、一見彼女を人形めいて見せるのだが、表情の豊かさがすぐにその印象を覆す。

強い光を宿す赤い目も冷たい面を印象づけがちなのだが、底には温かな光があることを親しい者達は知っている。

十五歳とは思えないほど、完璧な貴族。それがオリヴィアであった。

「旦那様とエーリッヒ様、お戻りになりました」

「――よかった」

父と兄の無事を聞き、ほっと息を吐きだす。素直な表情は、彼女を人形ではなく血の通った人間だと強調していた。

「それから、ルーク……は？」

「ご無事ですよ」

ルークの名を告げた時、耳が熱くなったような気がした。きっとマリカにはバレている。なんでもないふりを装いながらも足早に歩き続け、オリヴィアは怪我人達が集められている部屋へと入った。

「姉上！」

駆けてきたのは、弟のアントン。まだ、前線に出ることを許されていない彼は、後方で治療の手伝いをすることで辺境伯家に貢献している。

飛びついてきた弟の頭を撫《な》でながら、オリヴィアは視線を巡らせた。

「お嬢様！」

「オリヴィア様、ご無事でようございました」

次に声をかけてきたのは、手当てに当たっていた医師や怪我をしていない兵士達だ。それにはうなずいておいて、アントンの身体をそっと押しやる。

「手伝うわ。それも領主一族の務めよ」

ウェーゼルク辺境伯家に仕える兵士達は、全員が一騎当千の勇士と言っても過言ではない。だが、ここは魔獣が生息する地。いくら勇猛果敢とはいえ、魔獣討伐の際に怪我人が皆無というわけにはいかないのだ。

「お嬢様に手当てしていただけるなんて」

「軽症者の手当ては私がすれば、他の人達は重傷者に専念できるでしょう？」

回復魔術を使える者は、さほど多くはない。そして、オリヴィアはその数少ない使い手でもあった。

傷口に手をかざし、魔力を集中させる。みるみる傷は塞がり、新たな皮膚がそこを覆っていった。だが、オリヴィアは回復魔術の専門家ではない。どの系統の魔術もそれなりに使いこなすが、魔力の質が一番向いているのは、火系統の魔術なのだ。

「もっと重傷の人も治せればいいのに」

「そもそも回復魔術の使い手が多くはないのですよ。お嬢様が手を貸してくださるだけで、他の者の負担がずいぶん少なくなるのです」

もっと強力な回復魔術を使うことができれば、もっと皆の手助けができるのだが、回復魔術を真面目に勉強しようと思えば、攻撃魔術の勉強に割く時間を減らさなければならない。

　オリヴィアの火魔術は強力なため、そちらを優先するようにというのが父と話して決めたことだ。

（……でも）

　わかってはいるけれど、もっと力を、と望んでしまうのは贅沢《ぜいたく》だろうか。もっともっと皆の役に立ちたい、と。

　あれだけ続けて攻撃魔術を放ったあと、けろりとして治療に回るだけの魔力を持つのがそもそも普通ではないのだが、オリヴィアとしてはまだまだ研鑽《けんさん》を積むべきだと思っている。

「三名、死亡しました」

「……そう。お葬式をしなくてはね」

　戦いがあれば、怪我人だけではなく死者が出るのもまた当然。

　亡くなった者達の遺族には十分な補償をしてやらなくてはいけないけれど、そこは父と兄達に任せておけば大丈夫。

　軽傷者の治療を終えてオリヴィアは立ち上がった。零《こぼ》れるのは、小さなため息。

「……鍛えても、これはかりはどうしようもないわね」

　どれだけ訓練を重ねて鍛えたとしても、死者がゼロになることはない。

（……わかってはいるけれど）

立ち上がった時には、オリヴィアの顔から悲痛な表情は消えている。

動揺したところを、家臣達の前で見せるわけにはいかないから。


その日の夜。

侍女達も下がらせたオリヴィアは、城壁へと出た。

（――わかっている。限りがあるということは）

ウェーゼルク辺境伯家がこの地を預かるようになったのは、百年前のこと。それ以来、隣接する魔の森から国内へと魔獣の侵入を許したことはない。

この地で魔獣討伐にあたる軍人達は士気が高く、国を守ることに誇りを持っている。たとえ、命尽き果てたところで後悔はしないのだろう。

辺境伯家の者として、魔獣討伐の際にはオリヴィアも戦場に立つ。豊富な魔力と、完璧な魔術の制御で、この地にできる限りの貢献をしている。

――だけど。

魔獣の討伐が終わった夜には、こうして外に出てこずにはいられない。

目を伏せ、死者への祈りを捧《ささ》げていると、夜風がオリヴィアの髪を揺らした。

「オリヴィア、ここにいたのか」

祈りを終えるのを見計らっていたかのように、続いて城壁にやってきたのはルーク・ブロイラード。隣接している領地を持つブロイラード伯爵家の三男である。

ブロイラード家はアードラム帝国に属していて、国境を挟んでいるのだが、両家の間には親しい付き合いが続いていた。

「あら、私がここにいるってわかっていたのでしょう？」

討伐を終えた夜、オリヴィアがどこにいるのかルークは完璧に見抜いてしまう。どこに行こうが、いつもルークには見つかってしまうのだ。

「まあな」

ルークがこうしてウェーゼルク伯爵家を訪れるのは、もう五回目になる。

毎年、春早い時期には、魔獣の動きが帝国領内で盛んになる。そして、少しずつ北上してきて、次に動きが盛んになるのがイリアーヌ王国内だ。

そのため、春先にはウェーゼルク辺境伯家の者達がブロイラード家に協力し、夏が近い時期になるとブロイラード家の者が辺境伯家を訪れる。

両国の間に戦争が起きれば難しくなるのかもしれないが、幸いにもウェーゼルク辺境伯家がこの地を国王より預かって以来、両国の間に戦端が開かれたことはない。

（……ルークが無事でよかった）

普段は帝国の首都で暮らし、そちらで勉学に励んでいるというルークだが、魔獣が繁殖する春から夏の時期には休暇という名目で実家に戻る。そして、魔獣討伐に参加しているそうだ。

「今年の魔物討伐もそろそろ終わりだな――」

涼しい夜風に黒い髪をなびかせながら、ルークは目を細めた。

出会ったのは今から五年前。

当時十三歳だった彼は、その頃から抜きんでて体格がよかった。自分を鍛え続けた彼の体格は、今では歴戦の勇者と言っても過言ではない風格だ。

時折鋭さを増す黒い目は、オリヴィアを見る時は柔らかく細められる。目元だけで微笑《ほほえ》まれる度に、オリヴィアがドキドキしているのを彼は知っているだろうか。

「……そうね」

ルークと会うことができるのは、魔獣の動きが活発になる時期に限られている。

幼馴染《おさななじみ》への淡い恋心が、明確な初恋へと成長しているのを知っているのはオリヴィアだけ。誰にも告げるつもりはない。

彼とこうして魔の森を眺めるのは、もう何度目になるのだろう。日が落ちると、吹き抜けていく風は涼気をはらむ。

「そろそろ、縁談が出てくるんじゃないか?」

「でも、私の結婚は自由にはならないと思うわ。伯父様のお許しをいただかないと」

現在のウェーゼルク辺境伯家当主の妻、つまりオリヴィアの母は国王の妹である。

オリヴィアの父と熱烈な恋に落ち、父親である先代国王を口説き落として嫁いできたとかで、今でも夫婦仲は非常にいい。

現在の国王には娘はいないし、兄妹はオリヴィアの母ひとりだけだ。

また、三家ある公爵家も子供に恵まれていなかったり、まだ幼かったりで、現在年頃かつ王家の血を引いている独身の子供がいるのはウェーゼルク辺境伯家だけだ。

そのため、オリヴィア達兄妹三人は、王族に準じるものとして扱われてきた。王族に準じる立場である以上、結婚を勝手に決めることはできない。

「きっと、伯父様――国王陛下がいい方を見つけてくださると思うの」

準王族として扱われているウェーゼルク家の兄妹のうち、女性はオリヴィアだけだ。それだけに、オリヴィアの婚姻については両親も国王夫妻も慎重だ。

「オリヴィア」

「……なによ？」

オリヴィアの頬に、ルークの手が触れる。とたん、オリヴィアの心臓が一気に跳ね上がる。

そっとルークの手を下ろした。

（……自分の立場を忘れてはだめ）

幼馴染であっても、オリヴィアの恋心がどれだけ強いものであっても。ルークと必要以上に親しくすることはできない。

なのにルークは、オリヴィアの心を揺さぶりにかかる。彼は、オリヴィアの目の前でいきなり膝をついた。

「俺は、君が好きなんだ。ルーク・ブロイラードは、オリヴィア・ウェーゼルクの愛を乞う。どうか、俺と結婚してほしい」

不意打ちの求婚に、オリヴィアの頬がかっと熱くなる。

（どうして、そんな……）

今まで、オリヴィアに求婚するそぶりなど見せたことがなかったのに。

「……無理よ」

「なぜ？」

「今、話したばかりでしょうに。私の結婚は、勝手には決められないって」

オリヴィアの一存でいいのであれば、今すぐにでも受け入れてしまいたい。

ブロイラード伯爵家ならば、願ってもない相手だし、帝国の伯爵家ならば家柄も釣り合っている。でも、順番は守らなくては。

「しっかりしているな。オリヴィアは。そんなところも含めて好きなんだが」

「冗談はやめてちょうだい」

今の態度が、可愛げがないものであることぐらいちゃんとわかっている。

けれど、ルークは気にした様子もなく、軽やかな笑い声をあげてオリヴィアの肩を抱き寄せた。

（本当、勝手なんだから……）

困るのは、オリヴィアもまんざらではないと思ってしまうこと。

腕に触れるルークの体温。ここまで接近すれば、彼の鼓動まで聞こえてしまいそうだ。

「冗談ではない。オリヴィアのご両親に、求婚の許可はいただいたから、こうして求婚している」

「――嘘でしょう？」

思わず声をあげれば、今度は頭の上から満足そうな笑い声が降ってきた。こういう時、ルークとの身長差を実感させられる。

「オリヴィアの立場は、十分わかっている。オリヴィアだって、そこまで小柄というわけでもないのに。

「オリヴィアの立場は、十分わかっている。俺が、なんの勝算もないのに求婚するとでも？」

「そうだわ、あなたってそういう人だったわ――」

オリヴィアの三歳上の幼馴染。

大陸中の英知が集まると言われているアードラム帝国の首都で学んでいるだけあって、彼は優秀だった。豊富な知識に、その知識を生かすための思考力。武芸にも秀でていて、夏恒例の魔獣討伐では毎回大活躍。

彼の立てた作戦が、状況を変えたことも一度や二度ではない。

そんな彼が、勝算もなく求婚してくるはずなかった。ちゃんと外堀は埋めてから来たということだ。

「返事は、少し待ってもらえる？」

嬉《うれ》しいくせに、オリヴィアの口から吐き出されたのは、そんなつれない言葉。

「なぜ？」

「あなたを信じていないわけではないけれど、勝手に返事はできないでしょう？　でも、これだけは先に言わせて。あなたが求婚してくれて嬉しいの」

今までは、オリヴィアから、好意を告げることなんてできなかった。でも、今なら許される。少し、軽率な気もしたけれど。彼から求婚されて幸せなのだと――それだけは、先に伝えてもいいのではないかと思った。

ルークの顔がぱっと明るくなる。

普段は年齢よりも大人びて見えるのに、今ばかりは年相応に見える。

きっと、彼のこんな顔を見ることができるのはオリヴィアだけ。そう思ったら、くすぐったく感じられた。

「君を愛している！」

抱きしめられて、背中に力強い腕が回される。額に彼の唇が触れるのを、オリヴィアはうっとりと目を閉じて受け入れた。

ルークから求婚されたと話すと、両親も兄も弟も喜んでくれた。

「あいつ、ずっと前からオリヴィアのことが好きだったからな」

と、兄のエーリッヒ。

「いつ求婚するんだって、賭けてたんだよね。ほら、僕の勝ちだよ——兄上」

と、弟のアントン。アントンはちゃっかりエーリッヒに右手を出している。しかめっ面になったエーリッヒは、アントンの手に銀貨を落とした。

というか、ルークがいつオリヴィアに求婚するのか、賭けの対象にしていたのか、このふたりは。

「でも、本当にルークに嫁いでしまっていいの？　私の結婚、というかお兄様達も含めて、陛下が決めるのではなかったの？」

「ルークならば、問題ない。以前から、そうなりそうな気配はあると陛下に話はしていたんだ。陛下の方も、悪いようにはしないとおっしゃった」

どうやら、知らないのはオリヴィアだけだったようだ。自分の気持ちは、隠すことができていたと思っていたのに。

（ルークとの……縁談……）

じわじわと実感が込み上げてくる。

辺境伯家の娘として生まれた以上、好きな相手との結婚は無理だと思っていた。それなのに、ルークのところに嫁ぐことができる。なんて幸せなんだろう。

「ありがとうございます。お父様」

叶《かな》うはずのない願いが叶った今、オリヴィアは自分の幸福を強く噛《か》みしめた。


正式に婚約の話を進めるのは、魔獣の繁殖期が終わってからということになった。

王宮まで報告に行くにしても、ルークの実家に挨拶に行くにしても、魔獣討伐が終わらなければ無理だからだ。

となれば、さっさと魔獣討伐を終わらせてしまいたい。ますます張りきろうというものだ。

「オリヴィア様、以前より魔術の威力、上がっていませんか?」

側《そば》にいたエリサが、魔術で魔獣を焼き払ったオリヴィアに声をかけてきた。

マリカの義妹であるエリサもまた、オリヴィアの護衛を兼ねた侍女だ。

道端で生活していたのをオリヴィアが拾い、マリカの両親に預けて育ててもらった。いずれは働き口を見つけてやるつもりが、ちゃっかりマリカと同じ訓練を重ね、間諜《かんちょう》としての能力を開花させていた逸材である。

『必要とあらば、敵のひとりやふたりや十人、私の魅力でたぶらかしてみせます』と豪語するハニートラップの達人であり、尋問術ならばマリカより上なのだそうだ。

「わかる? この繁殖期さえ乗り越えてしまえば、ルークのご両親にご挨拶でしょう。そう思うと、なんだか力がわいてくるみたいなのよね」

「ルーク様ならいいですね！　以前からオリヴィア様に夢中でしたし！」

落ち着いているマリカとは対照的に、エリサは元気いっぱいだ。この無邪気な様子が、ハニートラップに最適らしい。そのあたりの機微は、オリヴィアにはよくわからないのだが。

「そ、そうなの……？」

「ええ。必要でしたら、ルーク様をたぶらかす術、きっちり伝授させていただきますよ？」

「そ、それは必要ない……かしら……」

オリヴィアからすると不思議なのは、エリサは絶世の美女というわけではないところだ。明るい茶色の髪に、ぱっちりとした緑色の目。率直に言ってしまえば、美女ではない。美人とか可愛いというより、感じがいいという方が近いか。

そんなエリサだが、実際、男性を手玉に取るのは非常に巧みなのだ。

彼女の『異性をたぶらかす術』を伝授してもらったら、きっと役に立つのだろう。立つのであろうことはわかるけれど、オリヴィアにできるとも思えない。

「まあ、必要ないでしょうけどねー。ルーク様はなにもしなくてもオリヴィア様にメロメロですもの」

メロメロって、そんな言葉どこで覚えてきたのだ。エリサの言いたいことは、なんとなくわかるような気もするけれど。

「……いったぁい」

どんっと背中と叩《たた》かれたエリサが声をあげる。

「あなたね、オリヴィア様に余計なことを吹き込まないの。今夜はお説教だからね？」

「ひぃ！」

エリサの背後にいたのはマリカだった。腕を組んでエリサを睨《にら》みつけている。左手に鞭《むち》を持っているのはどういうわけなのだろうか。城壁の上では、鞭なんて必要ないはずなのに。

「オリヴィア様、失礼いたしました。エリサはきっちりしつけておきますので」

「ほ、ほどほどにね……次、来るわよ！」

こんな場所で、会話に興じることができるのはほんのひと時。

次の魔術を放つ用意をしながら、ルークを探す。

（……ルーク、無事でいて）

彼が強いのは知っている。今まで傷を負って戻ってきたことは一度もない。

けれど、魔獣退治中、なにが起こるのかは誰にもわからないのだ。

城壁の下にいる兵士達の間、ひときわ目立つルークの姿。彼が無事でいることに安堵《あんど》する。

「行くわよ――炎の壁！」

再び広がるめらめらと燃え上がる炎の壁。焼かれる魔獣の悲鳴に、攻撃をしかける兵士達の鬨《とき》の声。

「オリヴィア、こちらは心配しなくてもいい。治療所の方に回ってくれ。マリカとエリサも頼む！」

「わかったわ！」

こちらを振り仰いだエーリッヒの声が響く。城壁の下からオリヴィアのいるところまで声が届くのは、風の魔術を応用しているからだ。

「ザング将軍が対応していた東で、急激に魔獣が大量発生したそうです。東の治療所に回りましょう」

風の魔術を使って、侍女仲間と通信していたマリカが報告してきた。そちらで負傷者が大量に出たそうだ。

「もう一度、炎の壁を展開してから行くわ！」

少しでも、兄達やルークの負担を軽減できるように。

魔術を展開しておき、一気に城壁の内部へと駆け戻る。

（私は、辺境伯家の娘だから――）

だから、戦いの場では、誰よりも働かなくてはならない。ひとりでも多くの兵士が生き残れるよう力を尽くさねばならないのだ。

その日も、ルークは無事に戻ってきた。

見張りの兵士達が城壁の上から、魔獣がやってくる森の方角を監視している。

「――オリヴィア。どうした？」

城壁の上に毛布を持ち出し、それにくるまって見下ろしていたら、ルークがやってきた。

「別に、どうもしないわ。ただ、もっと――もっと、力をつけるべきだと思って。毎回、戦いが終わったあとは同じことを思うけれど」

「オリヴィアのおかげで、助かった者も多いんだ」

「ええ、そうね。それもわかっているわ。でも、もう少し私の腕が長かったらよかったのに」

オリヴィアの回復魔術で助けられるのは、軽症者だけ。

今まで、魔術による攻撃の方が重視されていたし、回復魔術を極めるのには長い年月がかかる。

もともと得意だった火の魔術を極めた方がいいのではないかとそちらに重点を置いて修業してきたのだが、もう少しやりようがあるのではないかという気もしてくる。

「このところ、回復魔術が使える人が減っているでしょう？　もっと、重傷まで治せるようになった方がいいのではないかと思っているの。あなたと結婚したら、きっとその方が役に立つだろうし」

「回復魔術は、魔力の制御を学ぶだけじゃだめだ。人体そのものについても詳しくなければ」

骨や筋肉、血管だけではない。どの臓器が、どんな役割を果たしているのか。それを知らない限り、回復魔術を効率よく発動させることはできないというのはオリヴィアも知っている。

「わかっているわ。お医者様と、同じだけの知識がなければ極めるのは難しいって」

オリヴィアは、たぶん、能力的には優れているのだろうと自分のことを分析している。たいていのことは一度でこなせたし、一度でこなせなくても、何度か回数を重ねればさほど不自由なく身に付けることができた。

だが、人の命を預かる回復魔術はそんなわけにはいかない。生涯修業が続くことになる。そして、オリヴィアはそこにだけ労力を割くわけにはいかない立場にあるのだ。

「君は、真面目すぎるんだ——俺も入れてくれ」

「ちょ——きゃあっ！」

なにをするのかと思っていたら、ルークはオリヴィアが身体に巻き付けていた毛布の中に入り込んできた。かと思えば、彼の膝の間に座らされる形に体勢を変えられる。

（待って、これって……！）

いくらなんでも距離が近い。抜け出そうにもルークはオリヴィアの身体をしっかりと抱え込んでいるから抜け出すこともできない。

「これは……あまりよくないんじゃないかと思うの」

結局、オリヴィアにできることと言えば小声でルークに反抗することぐらいだった。

身体に回された腕には、ますます力が込められる。身近に感じるルークの体温。心臓の鼓動。オリヴィアの鼓動も跳ね上がってしまう。

「ルーク！」

「いいだろ。またすぐに会えなくなるんだから」

「それは、そうだけど……でも、今年の討伐期が終わったら、すぐに会いに行くわ」

ルークがこの城に滞在しているのは、魔獣討伐に協力するため。今年の討伐期が終わったら、出始めた婚約話を本格的に進めていくことになる。

「ルークのお父様とお母様にお目にかかるのも、久しぶりだもの。楽しみだわ」

今年の春は、オリヴィアはブロイラード領には行かなかった。兄に代わり、領地内を警戒する役を引き受けていたからだ。ブロイラード伯爵夫妻との再会も楽しみだ。

ルークの腕から抜け出すのは早くも諦めて、彼の胸に背中を預けてみる。しっかりと背中を受け止められれば安堵した。

「そうだな。両親もオリヴィアに会えるのを楽しみにしている」

「あのね、私……あなたとこうしているの好き」

ルークのことが昔から好きだった。

お互いの立場を考えて、想いは口にせずにここまで来た――だけど。

今は、こうしてふたりでいられるのが幸せ。

ルークの顔を見上げたら、彼の方も今まで見たことがないような笑みを浮かべていた。

「そうだ。これを渡そうと思っていたんだ」

ルークの右手の薬指。そこにつけていた指輪を、彼は抜き取った。

「……指輪？」

「そう。婚約指輪はまだだけど。これをそれまでの代わりに。オリヴィアに余計な虫がつかないようにしておきたいんだ」

「そんなものいないわ」

くすくすと笑っている間に、左手の薬指に指輪がはめ込まれた。黒玉の指輪だ。黒玉は魔除《まよ》けの石とも言われている。彼の目と同じ色。彼の家に伝わるものだそうだ。

「ちょっと大きい」

「本当だ。俺の薬指でちょうどいい太さだもんな」

「中指にするわ」

中指にしても、まだ大きい。くるくると回ってしまう指輪がそれでも愛しくて、何度も右手で触れてみる。

（まだ、私は弱いし、覚えないといけないことがたくさんあるのは否定できないけれど……）

ルークがいてくれたらなんでもできる。そんな気がした。


その知らせが届いたのは、そろそろ討伐期が終わりを迎えそうだという予想が出始めてから数日後のことだった。

少しずつ、城に押し寄せてくる魔獣の数が減っている。こうなったら、あとは時々適度に間引いてやればいい。

「オリヴィア、話があるんだ」

「話？」

ルークが真面目な顔をして、自室に戻ろうと廊下を歩いていたオリヴィアに話しかけてくる。オリヴィアは、彼が続けるのを待った。

「その——俺達の婚約の前に、伝えておきたいことが」

「なにかしら？」

オリヴィアが首を傾《かし》げた時、長い廊下の向こう側から兄のエーリッヒが歩いてくるのが見えた。

「オリヴィア、ここにいたのか。父上がお呼びだ」

「お父様が？」

もしかして、そろそろルークの両親に会いに行く計画を立てようということだろうか。

「ああ、早く行った方がいい。ルークには、俺から話がある」

エーリッヒは、ルークの肩を叩き、エーリッヒの自室の方を指さした。男同士、秘密の話なのだろうか。

それはまあともかくとして、父と話をするならば急がなければ。

（討伐期が終わったら、ルークのご両親にご挨拶に行って、それから王都に行くのかしら？伯父様にお目にかかるのも久しぶりだし）

イリアーヌ国王との再会にも胸が高鳴る。伯父である国王には、幼い頃からずいぶん可愛がられてきた。年に一度は王都まで赴き、親族の時間を過ごしてきたほど。

花嫁衣裳《いしょう》は、母が使っていたものを使わせてもらおうか。少しデザインは古いけれど、とても品質のいいドレス。

一度保管してあるドレスを見せてもらったけれど、真っ白な美しいシルクに、刺繍がびっしりと施されていた。

刺繍には白い真珠があちこち縫い付けられていて、どこから見てもため息が出るほど美しかった。

両親は熱烈な恋に落ちて結婚したから、母が父に嫁ぐ時には、それはもう気合いの入った支度をしたらしい。

母のドレスを借りよう。そうしよう。きっと母もドレスを貸してくれるだろう——なんてうきうきと考えながら歩く。

頭をふわふわとさせたまま父の待つ書斎に入ったけれど、そこの空気が思っていたものとはまるで違うのに困惑した。

こちらに向いて座っている父の肩が落ちている。この世の地獄を見てしまったとでも言いたそうに。

「あの、お父様？　お呼びと聞いたのですが」

「オリヴィアか――座れ」

命じられるままに、父の向かい側に座った。

オリヴィアが座ったのはわかっているはずなのに、父は口を開こうとはしない。

父の表情を見ていたら、不意に嫌な予感に襲われた。

――もしかしたら。

「お父様、誰か亡くなったの……？」

王都からの知らせが来たのは聞いている。もしかして、国王に近い誰かが亡くなったのだろうか。

そうなったら、王都に誰か行かねばならないだろう。その分、残った者の負担は大きくなるし、まだ魔獣の討伐期は終わっていないが、ウェーゼルク辺境伯家の者が誰も葬儀に参加しないというわけにもいかないのだ。

「違う――違うんだ、オリヴィア」

父の顔に浮かぶ苦悩の色。いつだって、父は冷静沈着。上に立つ者が不安を見せれば、不安はどんどん膨れ上がるものだからと、不安を見せたことはなかった。

――なのに。

今の父の顔は、まるで違う。不安、恐れ、悲痛――どう表せばいいのかオリヴィアにもわからない。

意を決したように顔を上げ、父は口を開いた。

「お前と、ルークの縁談だが、進められないことになった」

「どういうこと？　だって、お父様もお母様も大賛成してくれたでしょうに」

ルークが誠実であることは、両親だって知っている。ブロイラード伯爵夫妻とだって、何度も顔を合わせたことがある。国境を挟んでいるとはいえ、両家の関係はいいし、両国の関係も安定している。国王である伯父も反対していなかったと聞いている。

オリヴィアの縁談が止められる理由なんてないはずだった。

「違う――違うんだ。すまない。陛下のご命令だ」

「……伯父様の？」

辺境伯家は、国王の忠実な家臣である。命令ならば、オリヴィアの縁談ひとつ、王の一存で壊されても文句は言えない。

「すまない。お前は、ストラナ国王グレゴール・ベリンガーに嫁ぐことになった。陛下がそうお決めになったのだ」

「嘘《うそ》よ！」

国境の地にあるウェーゼルク領の南側が接しているのはアードラム帝国のブロイラード領。

北西部が接しているのがストラナ王国である。

（……このところ、あの国は荒れていると聞いていたけれど……）

昨年、グレゴール・ベリンガーは十五歳。つまり、オリヴィアと同じ年だ。

グレゴールの父である先代国王が亡くなり、王太子だったグレゴールと第二王子シェルトとの間に王座を巡る争いが始まったという。

シェルトの母である当時の王妃は後妻。グレゴールとの仲も必ずしもしっくりいっているというわけではなかったらしいが——。

グレゴールが勝利をおさめ、国王として即位したのは、今年の初めのことである。

（ルークとの話が出る前だったら、もしかしたらもっと素直に受け入れられたかもしれないけど）

ルークから求婚されるまでは、顔も知らない相手に嫁ぐのも運命だと受け入れていた。初恋は忘れて、嫁ぐつもりだった。

——それなのに。

ルークと気持ちを確かめ合って、彼の花嫁になれるのだと心を躍らせた。

つい今しがたまで、結婚式には母の花嫁衣裳を借りるのだと胸を膨らませていた。

それがすべてなかったことになる。

世界に裏切られたような気がした。

「私は、ルークに嫁ぐって！　彼も嬉しいって……言ってくれたのに！」

父の前で、こんな風に声を張りあげたことがあっただろうか。父が申し訳なさそうな顔をするから、こちらがいたたまれないような気持ちになってくる。

（私は、ルークと結婚したかった。気持ちは変わっていないのに……）

「受け入れられないわ！」

叫ぶなり、部屋を飛び出した。父が止めるのも耳に入らなかった。いや、耳に入れたくなかった。

なにも聞こえていないふりをして、外へと向かう。

すれ違う人達が、なにごとかというように、すさまじい勢いで走り抜けるオリヴィアを見送っているのもわかったけれど、気にならなかった。

（……なんで、なんで、なんで！　今になって！）

声に出して叫ばなかったのは、かろうじてかき集めた矜持《きょうじ》。なにも知らない人達に、心配をかけたくなかった。

城壁までたどりつき、階段をどんどん駆け上る。

目の前に広がるのは、緑生い茂る森。草原。そして、東西に伸びる街道。

今は魔獣の動きが活発になる時期だから、街道を行きかう人の姿は見えない。ここが、オリヴィアの育った場所。辺境伯家が守らねばならない場所。

「……こんな時でも」

思わず、零した。

「こんな時でも、この地が大切だって思ってしまうんだもの」

はぁ、とため息をつき、その場に座り込む。

（私はルークが好き。ルークを愛している）

もし、ルークに自分を連れて逃げてくれと言ったなら。

彼はどんな反応を返すのだろうか。きっと一緒に逃げてくれるだろう。オリヴィアを連れてどこまでも。

グレゴール・ベリンガー。ストラナ王国の王――いや、王になったばかりの男。

国内の貴族をなんとかまとめ上げたグレゴールは、王妃と異母弟のシェルトを離宮に軟禁しているそうだ。国内の争いを鎮めた今、国境を接しているイリアーヌ王国との仲を強固なものにしておきたくなったのだろう。となれば、求婚する相手はオリヴィア以外にいない。

（グレゴール王のことは、まったく想定していなかったわね……）

膝を抱える姿勢で座り直した。

王となった経緯が経緯だ。てっきり、国内の有力貴族の娘を妻に迎えるのだろうと思っていた。この国との関係は、必ずしもいいものとは言い難かったというのもその理由だ。

（ううん。この国との関係がよくないから……こそなのかも）

国内の情勢が不安定であれば、隣国からの影響はできるだけ避けたいのかもしれない。

昨年、一昨年と農作物の不作が続いた。王家が蓄えを放出し、民の生活はかろうじて守ることができたけれど、国力は確実に落ちている。

今、ストラナ王国とことをかまえるのは、この国にとっても得策ではない。

行くしかないのだろう。

ルークへの想いは捨てたくない。

――けれど。

ぐらぐらと揺れる気持ちを押さえつけようとする。いや、押さえつけなくては。

（そうよ、私は辺境伯家の娘）

なにを甘えていたのだろう。この国を守るために嫁ぐのであれば、むしろ本望ではないか。

勢いよく立ち上がり、想いを振り払うように歩き始めると、向こう側から、慌ただしく駆けてくる人が見えた。

「ルーク！」

彼のもとを去らなければならないとしても、最後に彼が覚えているのは笑顔であってほしい。

無理やり口角を上げ、笑みを作る。

大丈夫。表情を取り繕うことぐらいはできる。口を開こうとしたら、ルークはがばっとオリヴィアを抱きしめてきた。

「話は聞いた！　俺と逃げよう！」

「できるわけないってわかっているでしょうに」

国王の命令に背いてルークと駆け落ちをしたら、この家にどんな災いをもたらすことになるのか。

「私は、王女に準じる立場にあるの。陛下のご命令なら、陛下の命じる相手に嫁がなければ」

「俺が、もっと早く正式に求婚していれば！」

ルークの声が、胸に突き刺さるように感じられた。

彼の声にあるのは、深い悲しみ、そして絶望。

「……ルーク。私も、あなたと結婚したかった。息を引き取るその瞬間まで、あなたと共に歩みたかった」

いくら強く望んでも、もう叶えることのできない願い。

笑顔を覚えておいてほしいと思っていたはずなのに、唇は言うことを聞いてくれない。震える唇を叱咤《しった》して、言葉を重ねた。

「隣国で、立派な王妃になるわ。だから、この指輪はあなたに返す」

ルークの目の色と同じ色の宝石がはまった指輪を外して、彼の手に握らせる。

まだ、サイズ直しをすることができていなかった指輪。抜け落ちてしまわないよう、上にちょうどいいサイズの指輪を重ねて付けて落とさないようにしていたもの。

最初から手に入らないと思っていた。なのに、夢が叶うのだと期待した。一度期待してしまった分、より強く心が痛む。

ルークと想いが通じていなかったら、嫁ぐのにこんなにも身を切られるような思いをしないですんだだろうに。

「……オリヴィア」

「あなたを愛している。きっと、夫となる人にあなたと同じ気持ちを持つことはできない。でも、立派な王妃となるわ。両国の懸け橋となれるように——だから、だから……」

今のうちに伝えねばならない言葉はたくさんあったはずなのに、出てこない。自分の唇が、こんなにも不自由なものだったなんて。

オリヴィアの肩に手を置いたルークは、じっと目の奥をのぞきこんできた。まるで、オリヴィアの心の奥まで見透かそうとしているみたいに。

「もう、決めたんだな」

「……ええ」

それだけで、ふたりには十分だった。ルークがどれだけ望んでも、オリヴィアは彼と別れて嫁ぐと決めたのだとちゃんと伝わった。

「この指輪は、お守りとしてずっと持っておく。もともと俺の指輪だけど——一度は、オリヴィアの手に渡ったんだもんな」

オリヴィアの方から、ルークに贈り物をすることはできなかった。もう、ふたりの関係を断ち切ると決めたから。

「……私のことは忘れて」

「忘れない」

「いいえ、忘れて。私も……忘れるから」

愛している。愛しているけれど、その気持ちはここに置いていく。

夫とは、できる限り仲良くやっていこう。男女の愛はなくても、きっと互いに信頼することはできる。そして、いつかそれが家族としての愛に変わるかもしれない。いや、家族としての愛に変えなければならないのだ。

「さようなら、俺のオリヴィア」

「さようなら、私のルーク」

ルークの手が、顎にかかる。なにをされるのか予感はしていたけれど、逃げようとは思わなかった。

生涯ただ一度の、愛する人との口づけ。忘れると言ったけれど、忘れることはできないだろう。

それは甘さと同時に、どうしようもない切なさをオリヴィアの心に刻み付けたのだった。

＊　＊　＊

ルークが初めてオリヴィアと出会ったのは今から五年前。ルークが十三歳、オリヴィアが十歳の時のことだった。

ルークの生家――ということになっているブロイラード伯爵家と、ウェーゼルク辺境伯家の間には国境を越えた契約がある。

魔獣が繁殖時期を迎え、気が立っている時には、互いに協力して魔獣の討伐を行うという契約だ。それは、アードラム帝国皇帝もイリアーヌ王国国王も認めている契約であり、この契約が結ばれて以降、魔獣による被害は大いに減少している。

ブロイラード伯爵家の領地に出没する魔獣は春先から春の終わりにかけて。ウェーゼルク辺境伯家に出没する魔獣は春の終わりから夏にかけての時季に繁殖の時期を迎えるというのもちょうどよかった。

互いに手が足りない時に、他家の兵力を借りることができるのだから。

「なんであんなちっちゃな子がいるんだ?」

ウェーゼルク辺境伯の城に入った時、真っ先に目についたのは幼い少女だった。辺境伯家の人間らしく、上質のものを身に着けている。

彼女がまとっているのは布で作られた服であったけれど、幾重にも保護の魔術がかけられていて、下手な鎧《よろい》よりもずっと強固に身を守ってくれるものでもあった。

「妹がいるって言っただろ」

「だって、あれ――前線に出る格好じゃないか」

ルークに教えてくれたのは、辺境伯家の長子エーリッヒである。

たしかに妹と弟がいるという話は聞いていたが、まさか妹が最前線まで出てくると思うはずないではないか。

「そうだよ。オリヴィアはすごく強いんだ。俺達ほどの体力はないから城壁の上から魔術を撃つだけなんだけどさ」

その時、ルークが受けた衝撃は大きなものだった。

唇をぎゅっと引き結んだ生真面目な表情。城壁の上に立ち、十歳の少女とは思えない鋭いまなざしで魔獣達を睨みつけていた。

いざ、戦いが始まれば、落ち着いた様子で、的確なタイミングで魔術を放つ。上から降り注ぐ炎の矢や氷の槍の前に、どれだけの魔獣が倒れたのか、数えることなどできない。

戦いが終わったあと、目を離すことができなくて、ずっと見ていた。ひとりでどこに姿を消すのかまで見守った。

戦いが終わったのち、オリヴィアは人気のない城壁の一画に膝を抱えて座っていた。ぎゅっと縮こまった小さな肩。震える唇。

家臣達の前では、辺境伯家の娘らしく怯《おび》えた様子などまったく見せていないかったというのに。

そこにいたのは、恐怖を押し殺している少女。

ルークが隣に腰を下ろしたら、びくっとしたように肩を跳ね上げた。

「これ、やるよ」

ポケットから取り出したのは、キャンディだ。戦いの最中、手軽に糖分が取れるからと父から持たされたもの。

今日の戦いはそれほど激しくなかったから、持たされたキャンディはまだ食べずにポケットの中にあった。

目をぱちぱちとさせたオリヴィアの視線は、ルークの手の中にあるキャンディとルークの顔を往復している。手に取らないので、ルークが包み紙をはいで口の中に押し込んでやった。

「蜂蜜《はちみつ》のキャンディ。うまいだろ」

「……おいしい」

ぱっと顔が明るくなる。糖分で緊張がほぐれていくのもわかった。赤い目が大きく見開かれて、それからとろりと蕩《とろ》けた笑みになる。

——たぶん、この時だったのだろう。オリヴィアをもっと知りたくなったのは。

それから、毎年魔獣討伐の季節になると、ウェーゼルク辺境伯家を訪れるのが恒例行事となった。

年を重ねるごとに美しくなっていくオリヴィア。

彼女の魔術もまた、年を重ねるごとに迫力を増していた。天才、というのはオリヴィアのことを言うのかもしれない。

「今年も、ルークに会えると思っていたの。来てくれて嬉しい」

再会する度に、笑みを浮かべてそんなことを言われたら。ルークの気持ちはますます膨れ上がるだけ。辺境伯家の娘であるという事実を考えれば、いつ、婚約が調ってもおかしくはない。

今年こそ求婚するのだと、父にも、ウェーゼルク辺境伯夫妻にも話をして、求婚の許可を得た。ようやく求婚して、先祖から伝えられた指輪を彼女に贈って。

それなのに、運命はあっさりふたりを引き離そうとしてしまう。

「なんで、オリヴィアが結婚しないといけないんだ！」

エーリッヒにだってどうしようもないとわかっているのに、つい彼に当たり散らしてしまった。

「お前だって知ってるだろ？　俺達は王家に準じる扱いを受けてきたんだ。だからこそ、それにふさわしい行動をとらなくてはならない」

エーリッヒの言うこともわかっている。

現在のイリアーヌ王国には女性の王族で独身の者はいない。政略結婚の駒にするならば、王の妹の娘であるオリヴィアしか今は適任者がいないのだ。

頭ではわかっていても、心がついてくるかどうかは別問題だ。オリヴィアから返された指輪を強く握りしめる。

オリヴィアが行く国は、平和な国ではない。国王も、有力貴族達の後ろ盾があって、ようやく即位できたような状況だ。

なにしろ、グレゴールはまだ十五歳。オリヴィアと同じ年なのだ。イリアーヌ王国の基準では成人していないが、ストラナ王国では成人。成人した以上、早めに結婚しろということなのだろう。

（オリヴィアは指輪を返してきたが――）

返された指輪は、今は鎖を通して首から提げている。服の上から触れたら、少し落ち着きを取り戻した。

「エーリッヒ、使役魔術の手ほどきをしてくれる魔術師を知らないか？」

「お前、なにを考えている？」

「オリヴィアをひとりで行かせるわけにはいかない。俺は、できる限りのことをするだけだ」

「お前な、使役魔術がどれだけ高度な術なのかわかってるのか？」

エーリッヒは、呆《あき》れた表情になった。

使役魔術は、自分と契約した使い魔とを結びつける魔術だ。簡単な命令を聞かせることから、使い魔と完全に意識を同調するところまで難易度には様々なものがあるが、契約するというだけでかなり高度な魔術となる。

最初にエーリッヒのところに来たのは、彼が優秀な使役魔術師だからである。彼の知り合いならば、きっと教師役に適した者もいるはずだ。使役魔術を使える魔術師は、帝国よりイリアーヌ王国の方が多い。

使い魔ならば、王宮にこっそり送り込むことができる。オリヴィアが助けを必要とした時、いつでも手を差し伸べられるよう、使い魔と契約することを決めた。

「わかっている。でも、他に方法がないだろう。使い魔とまずは契約し、オリヴィアといつでも手紙のやり取りができるようにする」

オリヴィアは強いから、いや、強くあろうとするから、弱音を吐くことはしないだろう。だが、助けが必要ならばいつでも手を差し伸べることができるようになっていたい。

「まあ、その方が安心か……我が家は、オリヴィアと直接やり取りをするのは立場上難しいだろうけど、ルークは関係ないもんな。あっちも、我が家の使い魔は確認するだろうけど、ルークの使い魔なら盲点だろうし……じゃあ、俺が教えてやるのが一番いいのかな」

とりあえず許可は出たらしい。けれど、ルークにはエーリッヒにも言えていないことがあった。

（――使役魔術の中には、使い魔と感覚を共有できるものがある）

もし、その域まで達することができたなら、オリヴィアの様子を自分の目で確認することもできるだろう。

彼女が幸せなら、それでいい——けれど、もしも不幸だったなら。

幸せであってほしいけれど、不幸だった時のことも頭に入れておかなければならないとは、不思議な状況だ。

今、ルークにできることなんてほとんど残されていなかった。

第二章　ここまで拒まれるとは、思ってもいませんでした

次に家族に会えるのはいつになるのだろう。そう思いながら別れを告げる。

オリヴィアに与えられた期間はさほど長くなかった。いや、あまりにも短すぎた。

通達があってから一週間後の出発。

普通王族の嫁入りともなれば、一年ほどの準備期間を設けるものだ。だが、オリヴィアにはそんな余裕は与えられなかった。

大急ぎで、母の花嫁衣裳を仕立て直す。持参金については、王都から直接国境まで運ばれることになったそうだ。国境で王の使者達と合流するという計画だ。

「それでは――行ってきます」

「気を付けて。元気で過ごすんだよ」

「はい、お父様」

父からの餞別《せんべつ》の言葉は、あまりにも短かった。その横で、母がハンカチを目に当てている。

母は、ルークとの結婚を喜んでくれていた。こんな形でオリヴィアが嫁ぐことになるなんて考えてもいなかったようだ。

言葉にしないのは、母もまた王家の出身だから。熱烈な恋愛結婚で嫁いだ自分が例外である

ことは心得ているらしい。その分、政略結婚を強いられている娘が不憫《ふびん》でならない様子だ。

「お前ならできる。しっかりやるんだぞ」

「任せて、お兄様」

エーリッヒはオリヴィアの肩を叩き――アントンは、オリヴィアの手を握りしめたまま放そうとはしない。

「本当は、姉上はルークと結婚するはずだったのに」

それは、つい零れた本音。けれど、オリヴィアの胸をあまりにも深く突き刺した。

「アントン、お前な――」

「いいの、お兄様。私だって、そう思ってるんだから」

今年の魔獣討伐は終わっただろうと判断されたのは三日前のこと。例年ならすぐに国に帰るルークはまだ滞在していたけれど、見送りには出てこなかった。

(もう、お別れはすませたもの)

ルークがいるであろう客室の方に目を向ける。カーテンをぴたりと閉ざしたその部屋は、オリヴィアの出立を見送りたくないという彼の意思表示のようにも思えた。

つい先日まで、黒玉の指輪がはめられていた左手中指に視線を落とす。あの重みが失われた今はすごく心細い。

「ルークには、もうお別れはしたわ。私は、私の道を切り開いてみる。ルークには、ルークの幸せを掴《つか》んでほしいの」

それは嘘ではなかったけれど、真実でもなかった。

ルークの隣に、他の女性がいる未来なんて考えたくもない。

できれば、彼の隣にいるのはオリヴィアでありたかった。そんなの、オリヴィアのわがままだ。

でもこれは、未練でしかない。初恋は、きっちり封じ込めなければ。

「忘れ物はないな?」

「全部持ったわ。私の宝物もね」

誕生日ごとに両親から贈られた宝石達。先日エーリッヒから贈られた護身用の短剣。アントンからもらった花束は、押し花にして栞《しおり》に加工してある。

ルークからの贈り物だけは、自室に残してある。それを持っていくのは、夫となる人への裏切りになると思った。

「では、行ってきます――」

オリヴィアが馬車に乗り込むなり、馬車は静かに動き始めた。

オリヴィアがストラナ王国まで連れていくと決めたのは、侍女がふたりだけ。護衛の騎士達でさえも、国境で引き返すこととなる。

「オリヴィア様、私がついております。ええ、殺《や》るべき相手はさっさと殺りますからご安心くださいませ」

「姉さん、私になんでも言ってちょうだい。色仕掛けだろうが拷問だろうがなんでもやるから」

オリヴィアの向かい側に座っている侍女姉妹は、物騒なことを口走っている。彼女達のやる気は買いたいところだが、あまりにも物騒すぎる。

「そんな喧嘩《けんか》腰ではだめよ。家族になるのだから――もしかしたら、グレゴール陛下のために動いてもらうことになるのかもしれないし、ね」

「オリヴィア様は優しすぎます……」

嫁いだあとは、グレゴールの身を守るためになんでもしなければならないだろう。自分の持てる力はすべて注ぐつもりだし、必要とあらば侍女達にだって動いてもらう。

(……これは、私にしかできない仕事だものね)

両国の平和の懸け橋になる。辺境伯家に生まれた者として、隣国に骨をうずめる覚悟をしなくては。

ふとした瞬間に、よみがえろうとするルークへの気持ちは、懸命に押さえつける。もう少し時間がたてば、完璧に封じ込めることができるはず。

今はまだ、少しばかり難しいけれど。

ストラナ王国との国境までは五日ほどの時間がかかるから、両親は辺境伯家で一番いい馬車を譲ってくれた。そこから首都まではさらに三日ほど。おまけに、嫁いだ翌日には結婚式らしい。

（……なるようになるでしょう）

思いきりよく腹をくくる。

乗り心地のいい馬車の中で侍女達とおしゃべりをしたり、持ち込んだ書物でストラナ王国の歴史や貴族達について学んだりしていれば、五日という時間もあっという間だった。

「ついに、来てしまったわね」

王国からの持参金を運んでいる一行と合流し、今日はストラナ王国との国境を越えることになっている。

今日は、朝から侍女ふたりが張りきってオリヴィアを美しく装わせた。

黄色の地に、金糸と銀糸、さらには多数の真珠を使った刺繍を施したドレス。襟ぐりや袖口、裾にあしらわれているレースもまた最高級の品であった。

オリヴィアが馬車から地面に降り立つその動きだけで、ドレスは複雑な陰影を描き出す。ウェーゼルク辺境伯家は、当代に限り王族に準じる立場である――その威光を存分に輝かせる装いだ。髪を飾るのは、金の針金に多数の真珠を編み込んだ髪飾り。装身具は、ずっしりとした黄金の台座に真珠とダイヤモンドをあしらったものだ。

国境を越えた先で待っていたのは、ストラナ王国の迎えの者達であった。

「お待ちしておりました。オリヴィア・ウェーゼルク辺境伯令嬢」

先頭で丁寧に頭を下げたのは、五十代と思われる男性であった。

上質の衣服で身を包んでいる。半分白くなった髪は、彼の苦労を物語っているようであった。茶色の目がオリヴィアに向けられたかと思ったらさっと伏せられる。

「ダンメルス侯爵――でしたか？」

衣装の効果を認識しながら、オリヴィアはにっこりと微笑んだ。

「さようでございます――王妃陛下」

ダンメルス侯爵。グレゴールと先代の王妃の間で王位継承争いが起こった時、貴族達をまとめてグレゴールを勝利に導いたのが彼だ。

ウェーゼルク辺境伯家の間諜達に調べてもらったところ、公正な人柄だそうだ。グレゴールに味方したのは、長子が継ぐべきだという思いがあったかららしい。

グレゴールも、侯爵を頼りにしているらしいとは聞いている。

「まだ、王妃ではないわ。マリカ、侯爵に持参金の目録をお渡しして。お約束通り、ここからは侍女ふたりだけを伴ってまいります」

マリカがさっと目録を侯爵の側仕えに差し出す。

「侍女は五人までお連れになってもよろしかったのですが……？」

ダンメルス侯爵は、オリヴィアが連れてきた侍女の数が、あまりにも少ないのに驚いたようだった。

長年仕えてくれた侍女達の中には、オリヴィアへの同行を望んだ者もいた。

でも、嫁ぎ先はなにがあるかわからない異国の地。敵対しているというほどでもないが、さほど友好的な相手というわけでもない。

王宮に入ったあと、なにがあるかわからないと思えば、自分の身を守る術をもたない侍女達を連れてくるのはためらわれた。

マリカとエリサを同行させたのは、彼女達なら自分の身ぐらい守れるし、諜報活動に従事した実績があるからだ。

「ふたりで十分ですわ。必要であれば、ストラナ王国の人を登用したいと考えておりますの。私と侍女だけでは、こちらの風習に馴染めないかもしれませんから」

嫁ぐ以上、嫁ぎ先に馴染む努力をすべきだというのは、半分だけ本音である。もう半分は、情報を入手できるかもしれないということ。

ストラナ人の侍女を側に置くとなると、侍女に紛れて間諜が入るかもしれないが、逆にストラナ王国の情報を入手できるかもしれない。

だから、どちらに転んでもかまわないのだ。オリヴィアの身の回りの世話だけならば、マリカとエリサの姉妹だけで足りる。

「なんと。それほどまでに我が国のことを――大変、ありがたく……」

そこまで感激されなければならないようなことを口走ったつもりもないのだが、ダンメルス侯爵の声が震える。

「申し訳ないのですが、こちらの馬車に移っていただけますでしょうか」

「こんな馬車にオリヴィア様を乗せるつもりなの？」

ダンメルス侯爵が示した馬車にいきり立ったのは、マリカであった。

ここまで辺境伯家で一番いい馬車に乗ってきたのであるが、あてがわれたのは貴人がお忍びの時に使うような地味な馬車。おそらく乗り心地もよくないだろう。

「申し訳ございません。ですが、シェルト殿下を次代の王にと望む者が、辺境伯令嬢に害を加える可能性もございます。お荷物を運ぶ馬車とは別行動の方がよろしいでしょう」

オリヴィアを歓迎しない者がいるであろうことも容易に想像がつく。オリヴィア達が乗ってきた馬車には、身代わりの女性騎士を乗せるという。

「だからって、これはあんまりだわ！」

「――マリカ」

マリカの肩に手を置いて宥《なだ》める。オリヴィアの静かな声音に、マリカは瞬時にしてしゅんとなった。

「シェルト殿下は、離宮においでと聞いています。殿下をお救いしようと暗躍している者がいる。そういうことですよね？　彼らにとっては、ウェーゼルク辺境伯家がグレゴール陛下の後ろ盾になるのは好ましくない。したがって、私が暗殺される危険があるかもしれないということでよろしいですか？」

「さようでございます」

「わかりました。マリカ、馬車がいやなら馬をお借りしなさい。予備の馬を連れているはずだから」

「オリヴィア様……！」

マリカもエリサも、武芸はひと通り身に付けている。乗り心地の悪い馬車より、馬の方が気楽だろう。

「いいえ、オリヴィア様の側を離れるわけにはまいりません。私も馬車に乗りますとも。エリサ、行くわよ」

「はいっ！」

ぱっと馬車の扉を開いたマリカが馬車の中を、エリサが馬車の外側を改める。馬車の車輪まで点検していた。

ストラナ王国を信じていないと言わんばかりの行動であったけれど、この場にそれを咎《とが》めようとする者はいなかった。

「ご迷惑をおかけいたします……」

ダンメルス侯爵は頭を下げるが、乗り換えるのはしかたのないところだ。

「いえ、気にしないでください。どういう状況なのか、私も、彼女達も理解はしていますから」

その代わり、彼らを信じていないと言わんばかりの侍女達の行動も大目に見てもらいたいところだ。

（……これは、前途多難なようね）

前王妃とシェルトを担ごうとする者達は一掃されたと聞いていたけれど、まだまだ国内に残っているようだ。

＊　＊　＊

（なんという方だ）

ダンメルス侯爵は、文句も言わず乗り心地の悪い馬車に乗り換えたオリヴィアの姿に感銘を受けていた。

グレゴールと同じ十五歳と聞いてはいたが、彼よりずっと大人びているように見える。女性は男性より早く成熟するものだが、それにしたって、あの落ち着きぶりはどうだ。

最初に馬車から降りてきた時、まるで女神が姿を見せたのかと思った。

自信に満ち溢《あふ》れた優雅な物腰、華やかな美貌。自分の美貌を最大限に引き立てる装いもしっかり心得ていた。

（あの方が、陛下のお側にいてくれるのなら――）

グレゴールの妃《きさき》にオリヴィアを選んだのは、ダンメルス侯爵を筆頭とする一派だ。国内の貴族令嬢ではだめだ。いざという時、他国の後ろ盾を得られる姫でないと。

辺境伯の娘というオリヴィアの身分に、グレゴールは不満を感じたようだった。自分ならば、どこの国の姫であろうと娶《めと》れるはずだと。

もちろん、他国に姫と呼ばれる身分の者がいないわけではなかった。

だが、彼女達の国はあまりにも遠く、平和な時ならばともかく、今の状況ではグレゴールの後ろ盾にはなれない。

救援を求めている間に、グレゴールが命を落とすことになりかねないからだ。

（その点、あの方ならば完璧だ。あの侍女達も、かなりの使い手と見た）

幼い頃から戦の場に立ってきたオリヴィアは、自分の身を守るだけではなくグレゴールの身も守ってくれるだろう。彼女の魔術の腕前については、十分に調べ尽くした。

侍女をふたりしか連れてこなかったのが心配ではあるが、どちらも武芸の達人と物腰から判断できた。彼女達もいざという時の守り手として、計算に入れていいというのは幸いだった。

（なにがあっても、陛下だけはお守りしなくては）

年若い王太子から王位を奪おうとした前王妃は、離宮に閉じ込めてある。

処刑を願う者も多かったけれど、シェルトの母であることを考えればすぐに処刑するのも難しかった。

そんなわけで、危険をはらみつつも、オリヴィアを迎え入れるしかなかったわけであるが——。

(あの方ならば、陛下もきっと心を奪われるだろう)

グレゴールと同年代の美しい娘。きっと、彼もオリヴィアに夢中になる。

オリヴィアの背後にあるイリアーヌ王国の後ろ盾を得て、グレゴールの治世は長く続くだろう。

その時、侯爵はそう期待していた。自分のその判断があまりにも甘かったのだと、すぐに思い知らされることになるとも知らず。

＊　＊　＊

ダンメルス侯爵達、出迎えの者と合流してから三日。今日は王都に到着となる。

オリヴィアは、馬車の中から外を眺めていた。

(先代の王妃との間に争いが起こったと聞いていたけれど、その爪痕はもう完全に修復されているのかしら)

それとも、王都までは戦火が及ばなかったのだろうか。

馬車の窓から眺める街並みは美しく、多数の人が行き来していて活気に溢れていた。店に並ぶ商品も、窓から見える範囲では種類も豊富だし、生鮮食品は新鮮なようだ。

（落ち着いたら、城下町を視察したいわね）

オリヴィアが手を出せる範囲は少ないだろうけれど、この街並みを歩いてみたい。グレゴールが一緒に来てくれたら、視察しながらいろいろなことを話してみたい。

（できる限り、仲のいい夫婦にならなければ……）

旅を続ける間、もてなしてくれた貴族の奥方達に、結婚生活についての話を聞いてきた。一番身近な既婚者は母で、政略結婚についてはなんの助けにもならなかったから。

結婚してから熱烈な恋に落ちた者、熱烈に恋はしなくとも穏やかな愛情をはぐくんだ者。彼女らの話は、とても参考になった。

もちろん、最初から冷え切った夫婦として、接触は最小限な人の話も聞かなかったわけではないけれど。

グレゴールとは、なんとかうまくやっていこうと決意を新たにしている間に王宮に到着する。

だが、到着してもグレゴールには会えなかった。

すぐに会えると思っていたが、どうやらオリヴィアの早とちりだったらしい。

明日には結婚式だというのに、案内されたのは客室。王妃の使う部屋ではなかった。

「まったく、失礼すぎませんか？　オリヴィア様がわざわざ嫁いできたというのに」

与えられた部屋に、最初に不満を口にしたのはエリサであった。

「とりあえず軽く殺っておきます？」

いや、マリカの方が物騒だった。オリヴィアは手を振ってふたりを宥める。いつまでも、これが続くわけなんてない。

「ふたりともよく考えて。私はまだ結婚していないの。それならば、客室に通されて当然でしょう？　すぐに移動することになるのだから、荷物は必要なものだけ出してちょうだい」

「かしこまりました」

あっという間に気持ちを切り替えるあたり、ふたりともできた侍女である。

部屋はきちんと清掃され、寝具も新しいものに取り換えられているようだ。部屋のあちこちに花が飾られていて、オリヴィアを歓迎しようという気持ちが伝わってくる。

（できる限り、私によくしてくださろうとしているってことよね）

物事は、いい方向にとらえた方がいい。その方が気楽だ。

その日は、出された夕食をぺろりと平らげ、新しい寝具の用意されたベッドでぐっすりと眠った。目が覚めたら、夫となる人に会えることを期待して。

翌日は、早朝から身支度に取りかかる。

「天気がよくてよかったわね。雨が降っていたら、重苦しい気持ちになったかもしれないもの」

「そうですね。最高に美しい花嫁様になられますとも」

オリヴィアの髪をくしけずりながら、エリサはつぶやいた。ルークとの結婚を心待ちにしていたのは、エリサも同じ。

ルークともそれなりに親しく会話する仲であったから、エリサはいまだに相手がルークであったならと思っているのかもしれない。

「オリヴィア様、ダイヤモンドがよろしいですか？　それとも、真珠になさいますか？」

国を出発する時持たされた宝石箱をマリカが運んでくる。中から取り出されたのは、様々な宝石達。

「ダイヤモンドにしましょう。キラキラして美しいと思うの」

結婚式当日、花嫁衣裳に合わせる宝石類についてはなにを使うのかまだ決めかねていた。

今日の空は、青くてとても美しい。

ならば、母から譲り受けた宝石を最高に煌めかせようではないか。

母の花嫁衣裳を、オリヴィアの身体に合うように補正するのは、本当に忙《せわ》しない作業だった。

城中の針子がそのために駆り出されたと言っても過言ではない。

裾を長く引くスカートには、さらに刺繍が増やされ、真珠や水晶が縫い留められた。胸のあたりにはレースを追加。手首には、ぐるりと水晶が縫い付けられている。

仮縫いで身にまとってみた時、その重さに驚いたことを思い出した。その重みが、そのままオリヴィアの責任の重さのようにも感じられて引き締まる思いだったことも。

「できました……本当に、お美しい……」

唇に紅を乗せて化粧を終えたマリカが声を震わせる。エリサも、胸がいっぱいな様子で目を潤ませた。

ベールを顔の前に下ろし、マリカの手を借りて歩き始める。行き先は、挙式の執り行われる王宮内の神殿だ。

「陛下は、中でお待ちでございます」

父親役はいないから、この結婚を取りまとめる中心となったダンメルス侯爵が、オリヴィアをグレゴールのところまで導いてくれた。

オリヴィアの前に立った少年少女が、籠から花弁をまき散らす。どこからともなく聞こえてくる荘厳な音楽。

(とうとう、結婚してしまうのね……)

緊張感で、背中が強張る。

辺境伯家の娘であるから、それなりに人の前に立つことはあったけれど、こんなにも様々な種類の視線にさらされることはなかったような気がする。国元では、オリヴィアはあくまでも敬われる立場でしかなかった。

だが、ここに来てからは違う。オリヴィアを歓迎する目、歓迎しない目、オリヴィアから情報を引き出そうと企《たくら》む目――。

ベールで顔が隠れていて、本当によかった。

（あの方が、グレゴール陛下）

オリヴィアの結婚相手は、神官の前に立っていた。

白を基調とした正装。すらりと背が高いが、まだ十五歳であることを示しているかのように身体の線は細い。ほっそりとした肩に、華奢《きゃしゃ》な腰。

ベール越しでは、彼がどんな表情をしているのかまではわからなかった。

「それでは、結婚の儀を執り行います」

グレゴールの隣にオリヴィアが並ぶと、いよいよ儀式が始まる。神官がふたりを祝福し、この国が明るい未来に包まれることを願う。

結婚証明書に署名をしたら、いよいよ誓いの口づけである。古い時代には、この時初めて新郎新婦は顔を合わせることになっていたのだそうだ。

「――ふん」

ベールを上げるグレゴールが、鼻を鳴らしたのをオリヴィアは聞き逃さなかった。この状況で、鼻を鳴らすとはどういう了見だ。

だが、ベールを上げられ、真正面にグレゴールの表情を見て納得した。

（ああ、この方は――不満なのだわ。この婚姻が、気に入らないのね）

彼の青い目に浮かぶのは怒り。そして、オリヴィアをさげすむ色。

これは、前途多難になりそうだ。気がつかないふりをして、そっと目を閉じる。

（大丈夫、夫婦だもの。これから何度だって口づけをするはず）

グレゴールの吐息が唇をかすめる。思わず肩に力が入った。

ルークとの口づけは甘かった。

では、グレゴールに口づけられたら、どんな気分になるのだろう？

心臓が、やかましいほどに音を立てている。自分の鼓動しか、聞き取れなくなった。

だが、グレゴールは唇を寄せただけ。オリヴィアに口づけることはなかった。

婚姻証明書に署名したのだから、ここで口づけなくてもふたりの結婚は成立しているわけだけれど。

（……なんてこと）

どうやら、グレゴールはとことんオリヴィアをコケにするつもりらしい。

これからゆっくり、グレゴールの心を解いていかなければならないのだ。オリヴィアは、密かにため息をついた。彼が相手で、本当に大丈夫だろうか。

結婚式が終わると、国内の貴族達を集めての宴である。

本来ならば、国王夫妻がダンスを披露する場でもあったのだけれど、グレゴールが足を痛めているという理由で、それは後日に持ち越されることとなった。

（あの方、足を怪我しているって本当なのかしら？）

挙式の場では、すたすた歩いているようにしか見えなかったのだが。

披露宴用に選んだのは、爽やかな緑のドレスである。オリヴィアの金髪を最高に美しく見せてくれる緑を選び抜いたものだった。

（これに袖を通す時には、陛下とそれなりに会話ができたあとだろうと思っていたのに……いえ、めげてはだめ）

まさか、初めて顔を合わせたのに、あそこまで嫌われているとは。だが、すぐに気を取り直す。

こんなところで、くじけている場合ではない。自分の役目について、今まで何度も自分に言い聞かせてきたではないか。

オリヴィアの役目は、グレゴールと夫婦になり、イリアーヌ王国とストラナ王国の間に平和をもたらすこと。

「では、行ってくるわ」

侍女達に言い残し、広間に足を踏み入れる。

ダンスがないから、貴族達から挨拶を受けることになるだけだろう。

グレゴールとは、寝室でゆっくり話そうと決めた。

宴はオリヴィアの予想通り、貴族達からの挨拶を受けるだけとなった。

オリヴィアに近づこうとする者、オリヴィアを値踏みする者。また、グレゴール同様最初から悪意をぶつけてくる者もいる。

（……陛下は、なにをお考えなのかしら）

隣にちらりと目をやれば、グレゴールは不満を隠そうとはしない。

まだ十五だからしかたない面もあるかもしれないが、ここでこんな形で不満を見せれば、どこで足をすくわれるかわからないのに。

「陛下、こちらの果物はいかがですか？」

「――いらん」

「お酒のお代わりをお願いしましょうか」

「――俺にかまうな」

オリヴィアの方から声をかけるものの、まったく聞く耳を持ってくれない。これは、前途多難どころではないかもしれない。

初夜のために部屋に引き上げたところで、ついため息をついてしまった。侍女達は、心配そうな目を向けてきた。

「どうかなさいました？」

「前途多難だわ。まさか、あそこまで睨まれるとは思ってもいなかったから」

昼間まとった花嫁衣裳にしても、披露宴のためにまとったドレスにしても、ずっしりと重い。ドレスを脱いで身軽になったら、またため息が出た。

「あの男がなにかやりましたか？　必要でしたらさくっと殺って」

「マリカ、落ち着きましょう。まだ、なにもされていないから」

披露宴の様子をふたりが知らないのが幸いだった。あの状況を見られていたら、ふたり揃って真面目に暗殺を企てかねない。

ふたりとも、どうにもこうにも血の気が多いと言うか、対象を『消し』てしまえばよしと判断することが多すぎる。

「とりあえず、着替えて寝室に行くわよ。ダンメルス侯爵から場所は聞いているでしょう？」

王妃の部屋ではなく、客室から、国王夫妻の部屋まで歩かせるのは、オリヴィアをまだ王妃とは認めたくないグレゴールの悪あがきなのだろう。

「ですが、ここから寝室まで歩けってあんまりですよ。なんで、王妃の部屋に移動じゃないんですか？　姉さんに頼んで殺ってもらっておきます？」

エリサが自分で行動しないのは、自分の腕がマリカに劣ることを知っているからだ。マリカなら確実にグレゴールを暗殺するだろうが、この場合それでは解決にならない。

「今日のところはやめておきましょう。ストラナ王国の流儀なのかもしれないし。必要なら、こちらの風習に詳しい侍女をつけてもらいましょう」

オリヴィアだって、最初に結婚の話を聞いた時は泣いたものだ。

ルークとの縁談が、進み始めた直後だったから、余計に強く拒んでしまったのだろう。だが、ここまで来たのだ。グレゴールにも、そろそろ腹をくくってもらわなくてはならない。

「……まだ、いらしてないのね」

寝室は、白一色で調えられていた。これは、今日が初夜だからなのだろうか。それともずっとそうなのだろうか。

王位継承争いがあったとはいえ、この国は豊かだ。ベッドに腰かけて触れればわかる。最上級の素材が使われている。

（……今夜のところは、少しでも陛下の心をほぐすようにするのがいいかしら。それとも、まだ、距離をつめない方がいいかしら）

婚儀と披露宴で顔を合わせたグレゴールは、オリヴィアに対して怒りを覚えているようだった。そんな彼に、どこまで近づくことができるだろう。

けれど、オリヴィアには心を許しても大丈夫なのだと伝えたい。この国で、彼のために働くと決めて嫁いできたのだから。

永遠とも思える長い時間が過ぎた頃、ようやくグレゴールがやってくる。

隣の部屋から来た彼は、酔っているようだった。足はふらついているし、顔は真っ赤だ。

「……陛下、お待ちしておりました」

慌てて立ち上がり、頭《こうべ》を垂れれば、ふんと鼻を鳴らされる。

「そんなに王妃になりたかったのか？　あいにくだったな。俺は、お前を愛するつもりはない」

口を開いたとたん、ずいぶんな挨拶である。表情に出さないようにしたつもりだったけれど、眉間の間にぐっと力が入ってしまった。

「不満か？」

あざけるようなグレゴールの声。口を開いたら、彼をののしってしまいそうで、オリヴィアは唇を引き結んだ。

なんのためにオリヴィアがここまで来たと思っているのだ。

「王妃の地位はくれてやる。必要な時には、着飾らせて人前に出してやろう――だが、俺の愛は期待するな」

それだけ言い放つなり、グレゴールは自分の部屋へと続く扉を開き、姿を消してしまう。呼び止める間すら与えられなかった。残されたオリヴィアは茫然《ぼうぜん》としてしまった。

（どういうつもり……？　この国が、どうなってもいいということ？）

王妃としては遇するが、愛は与えない。オリヴィアを追い返さなかっただけまし、か。

オリヴィアはベッドに倒れ込んだ。

「なんのために、ここに来たのよ、私は……！」

初恋を捨てて、ここに嫁いだのではなかったか。

グレゴールと、信頼関係を築くためにここに来たのではなかったか。

――それなのに。

最初から、グレゴールはオリヴィアに向き合おうとはしなかった。彼の心の扉は、目の前で閉ざされたまま。

肩が震える――滲《にじ》むのは、悔し涙だろうか。それとも、悲しみの涙なのか。オリヴィア自身にもよくわからない。

けれど、肩を震わせたのもごくわずかな間だけ。泣いていてもなにも解決しないのは、辺境の厳しい生活でよく理解していた。

（これは、部屋に戻った方がいいわね）

ここでグレゴールを待っていたとしても、無駄になることだけは理解した。そっと扉の外に滑り出て、客室へと戻る。

「オリヴィア様、どうなさったのですか？」

出迎えたマリカは、慌てた様子で駆け寄ってきた。

「陛下は、私を愛するつもりはないそうよ」

「わかりました殺りましょう」

一息に言いきったマリカの目が据わっている。命じれば、すぐにでもグレゴールの寝室に向かいそうな勢いだ。オリヴィアは首を横に振った。

「それでは、意味がないわ。陛下が即位することで、ようやく落ち着きを取り戻したんだもの」

「わかりました。一服盛りましょう。薬なら持ってきました大丈夫ですお任せくださいオリヴィア様の言うことをなんでも聞くようにしてみせます」

「国王陛下を廃人にするのはやめておきなさい」

やたら早口で続けたエリサも、腹に据えかねているらしい。マリカほどの戦闘能力も暗殺技術も併せ持っていないが、エリサの本領は拷問——尋問と、洗脳術にある。グレゴールに薬物を盛るなんてわけにはいかないが。

「少なくとも、人前では王妃として扱ってくださるおつもりはあるそうよ。お飾りの王妃というところね」

お飾りとはいえ、オリヴィアがここにいればなんらかの抑止力とはなるだろう。せめて、それぐらいは祈らずにはいられない。

「いえやっぱり殺りましょう。殺ればオリヴィア様は国に帰れます」

「今陛下が亡くなったら、真っ先に疑われるのは私達よ」

幼い頃から側にいてくれた侍女だが、その分グレゴールの対応に腹が立っているようだ。侍女達を宥めるのも大変だ。けれど、ひとりではない分心強かった。

＊＊＊

（なんだよ、あいつは！）

グレゴールは、足音も荒く寝室に戻った。

最初から、オリヴィアとの結婚は気に入らなかった。他国の王女ならばともかく、辺境伯の娘だなんて、国王であるグレゴールとは釣り合いが取れない。

そうダンメルス侯爵にも言ったのに、彼は強引だった。

オリヴィアを妃とすることで、イリアーヌ王国を後ろ盾とすることができる。そう言われてしまえば、グレゴールも受け入れることしかできなかった。

もともと、グレゴールの方が劣勢だったのを、ダンメルス侯爵の一派がこちらに与することでなんとか勝利をおさめた形なため、彼には頭が上がらないのだ。

王としての教育を受けてきたグレゴールには、ダンメルス侯爵の言い分も理解できた。理解はできたが、感情がついてこない。

結婚式のその場までオリヴィアと顔を合わせようとしなかったのは、ちょっとした意趣返しだったのである。

（なんで、俺が愛さないと言っても、あいつは平然としているんだ？）

王妃の座を狙って嫁いでくるような図太い女だ。

結婚式の会場で、ベールを上げ、初めてオリヴィアの顔を見た。どことなく冷たさをはらんだ硬質な美貌。まっすぐにグレゴールを見つめる神秘的な赤い目。

あの時、きちんと口づけそうになったけれどやめた。どちらの立場が上なのか、彼女に思い知らせてやらなければと思って。

口づけひとつ、彼女には与えてやらない。グレゴールが選んだ女性に与えるのだ。

――懇願するならば。

そう、オリヴィアが懇願するのなら、口づけのひとつやふたつ、与えてやってもいい。彼女がそれなりに美しいのは、グレゴールも認めている。

初夜の部屋でも、オリヴィアの表情は崩れることはなかった。

グレゴールの「愛は期待するな」という言葉には、表情を変えかけたけれど、すぐにそれも取り繕ってしまった。

面白くない。

抱いてほしければ、オリヴィアの方からグレゴールの前で頭を垂れるべきなのだ。グレゴールは、この国の王なのだから。

オリヴィアがなにを手放し、どんな覚悟でこの国に嫁いできたのか、グレゴールは知らない。知らないからこそ、傲慢に振る舞うことができた。

「ダンメルス侯爵。オリヴィアの部屋だが――離宮をひとつ、与えてやろうと思う」

自室に戻ってきたグレゴールを叱ろうとしたダンメルス侯爵は、驚いた顔をしていた。

「ですが、陛下」

「いいだろ？　彼女はこちらの風習には馴染んでいない。他の者が来ない場所で、静かに過ごさせてやった方がいいと思うんだ——ああ、王妃としての役割は、きっちり果たしてもらうぞ」

子を作る以外は、と心の中で付け足す。

すぐにオリヴィアもグレゴールに頭を下げることになる。だから、それまでは彼女と寝室を共にすることはない。

「……陛下」

「オリヴィアもそれでいいそうだ。わかったな」

「ですが、陛下！」

ダンメルス侯爵は頼りになるが、必要以上にこちらを制御しようとするのが困る。グレゴールは意地の悪い笑みを作った。

「俺は、お前の首を斬《き》ることができるのを忘れていないだろうな？　お前の首を斬ったら、次はどうなるのだろうな」

ダンメルス侯爵が決めた縁談だ。彼がいなくなったのち、オリヴィアがどんな扱いをされたとしても、ダンメルス侯爵にはどうにもできない。

「……承知いたしました」

やはり、侯爵も自分の命は惜しいらしい。

オリヴィアを娶った以上、妃を迎えろとうるさく言われることはなくなるだろう。それだけはよかったと、グレゴールは思ったのだった。

＊＊＊

翌朝、オリヴィアが起床してすぐのこと。

身支度を終えようとしているところに、どやどやとたくさんの女性が入ってきた。皆、揃いの衣服に身を包んでいる。この王宮に仕える侍女というところか。

「どういうことなの？　お下がりなさい」

マリカが、入ってきた人達の前に立ちふさがった。鋭い目で彼女達を睨みつけている。

「陛下のご厚意です。オリヴィア様には、離宮が与えられることとなりました」

先頭に立って入ってきたのは、中年の女性だった。揃いの衣服を身に着けている中で、彼女だけは、小さな耳飾りをつけている。

きっと、この一団の中で一番偉いのが彼女なのだろう。

「マリカ、お下がりなさい」

「ですが！」

「陛下のご厚意なのでしょう？　支度を終えたら離宮に移りますわ。朝食は、そちらに運んでいただけるかしら」

「かしこまりました」

丁寧に頭を下げるけれど、そこにオリヴィアへの好意は見えない。

（……彼女への対応は、慎重にした方がよさそうね）

グレゴールとは、隙を見てなんとか会話を交わせるようにしよう。

公の場では顔を合わせるというから、オリヴィアには敵意がないとなんとしてもわかってもらわなくては。

「荷物を解かないで正解だったわね」

と、オリヴィアは笑う。侍女二人は、不満そうだったけれど。

王妃の部屋に運び込まれるはずだった荷物は、そのまま速やかに離宮へと運び込まれた。先代王妃とシェルトが幽閉されている離宮からは、かなり離れているようだ。

（……静かね）

もともとは、先々代の国王の愛人が暮らしていた建物だそうだ。

愛人といっても出世欲に目がくらんでいたわけではなく、自分は日陰の身であると認識する女性だったようだ。

華やかな場への出席は好まず、高価な宝石を国王にねだることもなく。ただ、この離宮に通ってくる王の愛だけを信じて、ひっそりと暮らしていたらしい。

さほど身分の高くない家の出だったそうで、自分で最低限の家事もこなしていたようだ。国王を迎えるために、料理や菓子を作ってもてなし、その家庭的な雰囲気に国王は癒やされていたのだとか。彼女が亡くなった時、国王から与えられていた手当てはほとんど手付かずだったとも聞く。

「きちんと、身分をわきまえた方だったようですよ」

と、王の愛人のことを年かさの侍女――彼女が侍女長だそうだ――は語る。

どうやら、オリヴィアにも自分の立場はきちんとわきまえておけと言いたいらしい。

相手が、隣国の王族に近い立場であるということもすっかり彼女の頭からは飛んでいるようだ。

「その点は、あなたに言われるまでもないわ。陛下と、よくお話をしたから。朝食もまだなの。用意してもらえるかしら？」

侍女長に命令すれば、妙な笑みを浮かべながら下がっていく。

「なんなんですか、あの女は」

「今すぐ殺るべき」

「ふたりとも落ち着いて。いちいちこんなことでかっかとしていては、足をすくわれるわよ。まずは、誰が味方になりそうで、誰が敵になりそうなのかを見極めなくてはね」

グレゴールをなんとかオリヴィア寄りにしたいのだが、今は難しいだろう。慎重に計画を立てなくてはならない。

やがて運ばれてきた朝食を見て、またもや侍女ふたりは眉を吊り上げた。

「おかしいでしょう、これは。王妃に出すような食事じゃありませんよ」

「マリカ、落ち着きなさい。腐っているわけではないのだから」

「ですが、このしなびた葉っぱ。どう考えても、本来なら下働きの者の賄い行きですよ」

「エリサも文句は言わないの――とりあえず、食事はすませるわよ」

運ばれてきたのは、パンとスープだ。硬くなったぱさぱさのパンに、色が悪くなっていたり、しなびてくたくたになったりした野菜が使われたスープ。

侍女ふたりの分も運ばれてきたけれど、そちらはもっと悲惨だった。パンはついていたものの、スープにはしなしなの野菜すら浮かんでいない。具なしだ。

「ですが、オリヴィア様！」

「黙って食べるの。たぶん、昼食も夕食も同じようなものが出てくると思う――下手をしたら、食事は出してもらえないかもね。エリサ、昼の間に、こっそり外でなにか調達してきてちょうだい」

「かしこまりました」

マリカに行ってもらってもいいのだが、護衛任務ならマリカの方が得意としている。

エリサは話術が得意だから、万が一抜け出したところを見つかったとしても、上手に言い訳してくれるだろう。

「食べ物は無駄にしてはいけないものね……とはいえ、我が家の軍事食の方がはるかにましじゃないかしらね」

指先でパンをつつく。

魔獣の繁殖期には、食事をする間も惜しんで魔獣の相手に駆け回ることになる。料理に時間をかけられないから、大鍋でどんと煮込んだスープとパンが定番だ。

ウェーゼルク辺境伯家では、力が出るようにと肉も惜しまなかったし、量もたっぷりあった。

ここでの食事とは雲泥の差だ。

(ここでの私の立場が確定するまでは、おとなしくしておいた方がいいでしょうしね)

オリヴィアは味の薄いスープを口に運びながら考え込む。どうやったら、グレゴールと距離を縮めることができるだろう。


オリヴィアの予想通り、昼に運ばれてきたのも夜に運ばれてきたのも、同じような食事だった。はっきり言って、食欲の出る代物ではない。エリサに買いに行ってもらったものでなんとかしのいだ。

そして、嫁いだばかりだというのに、王妃の離宮を訪れる者はなかった。

家事をする下働きの者すらいないので、離宮は静まり返っている。

あれから五日。必要最低限の手入れしかされていない離宮の掃除をしながら、オリヴィアはため息をつく。

「あんなにたくさんいた侍女達は、どこに行ってしまったのかしら」

「離宮付きだと思っていたのですけれどね」

マリカも呆れ果てた様子だ。

もし、侍女長が、オリヴィアに嫌がらせをしようとしているのであれば無駄だ。

オリヴィアは、自分の身の回りのことは自分でできるし、侍女達と一緒になって家事をするのも苦ではないのだ。

それが王妃の仕事かと問われると困ってしまうのだが、今のところ不自由はしていない。

「ねえ、そろそろ外に行ってみる?」

最初に音を上げたのはオリヴィアであった。ダンメルス侯爵に使いを出したのだが、こらえてくれと言うばかり。

「外って、外ですか?」

「ええ。まともな食事がしたいのよ。パサパサのパンと、野菜しか入っていないスープにはうんざりだわ。エリサが買ってきたものを温め直すのも限界だし」

どうやら、侍女長は、オリヴィア達には必要最低限の食事で十分だという結論に達したらしい。それなりに王妃の予算は用意されているはずなのに、まさか食事をケチってくるとは思ってもいなかった。

「たしかに、そろそろ限界ですね……」

「誰も来ないですし、こっそり出かけちゃっても大丈夫ですよ。このあたり、人はいませんから」

マリカはオリヴィアに同意し、とんでもないことを言いだしたのはエリサだ。エリサだけは買い出しのために王宮の外に出かけていたから、王宮の様子を一番知っているのは彼女だ。

「オリヴィア様がおとなしくしている限り、誰かがオリヴィア様を訪れることはないですよ。あの男は、オリヴィア様を放置すると決めているみたいですしね」

あの男、というのはグレゴールのことだ。

一週間顔を見ていないが、王妃としての最低限の扱いはするという話はどこに行ったのだろう。

「城下町の様子を見てみたいというのは、本当のところなのよね」

この国に入った時、王都が栄えているのに驚いたものだ。国王とその異母弟が争いになったのだ。もっと荒れているだろうと思っていた。

けれど、町を行きかう人々の表情に暗いところはなく、店先に並ぶ商品も種類が豊富なように見えた。

(もし、グレゴールの治世が安定しているのであれば、下手につつかない方がいいかもしれな

いし）

オリヴィアが送り込まれたのは、グレゴールの立場を安定させるためだけではない。祖国にとっては、両国の間にいらない争いをもたらさないようにするため。

もし、グレゴールが君主としてはふさわしい男であるのなら、オリヴィアが余計なことをしない方がいいのかもしれない。

「庶民の服も持ってきているしね。出てみましょう」

オリヴィア達が留守にしている間に、誰かが離宮を訪れるということもないだろう。もし、誰かが来たら「三人で庭園を散歩していた」とかなんとか言っておけばいい。

特に、外への道を知っているのはエリサだけなのだ。今回は、三人で行く選択肢しかなかった。

離宮から少し離れたところに、外との行き来がしやすそうな場所があった。もしかすると、使用人の誰かが抜け道に使っているのかもしれない。灌木《かんぼく》が、そこだけなぜか途切れている。

「ここから外に出て、十分も歩けば市場ですよ」

「食べるものはある？」

「ええ。パンに肉に野菜、それに、甘い焼き菓子もあります」

エリサは外に出る度に、その市場でいろいろ買い物をしてきてくれていた。エリサお勧めの店に行ってみることにする。

「こんにちは、そのパンを三つくれますか」

「ああ、いいとも。ほら気を付けろよ」

最初に立ち寄ったのは、パン屋である。太いソーセージをパン生地で巻いて、焼き上げたパンだ。片手で食べられるし、ソーセージの塩気がパンと合う。

それから、飲み物はワインを果汁と炭酸水で割ったもの。持参したカップに入れてもらう。このために、ちゃんと木製のカップを用意してきた。

ワインはほんの香りづけみたいなもので、カップを空にしても酔いが回るほどのことではない。

「ねえねえ、あっちの屋台はなにかしら？」

「あれは煮込みですよ！　スープとして飲めます」

「行きましょう！」

大振りに切った野菜と肉をことことと長時間煮込んだ煮込み料理。汁はスープとしても飲めるらしい。いくぶん塩気が強すぎる気もするが、このあたりは肉体労働者が多い。身体を動かして汗をかく彼らには、このぐらいでちょうどいいのだろう。

「……たくさん食べたわね……」

仕上げに、小麦粉や卵や砂糖を練って焼き上げ、砂糖をたっぷり振りかけた焼き菓子を摘まみながら、オリヴィアは嘆息した。大満足である。

庶民の味はたしかに繊細さには欠けているかもしれないけれど、実家では城下町に足を運ぶこともしばしばあったから、こういった食事にも慣れている。

「オリヴィア様、これからどうするんですか？」

「……そうね」

マリカに問われたオリヴィアは、顎に指をあてがった。

当面の間は、こうやって屋台で食事をすませてもいい。

離宮には調理場があったし、そこで使う燃料は、侍女達が入手してくれるだろう。

けれど、食事だけ自分達でどうにかしたところで、根本的な解決にはならないのだ。

「エリサ、出番よ。あなたにお願いしたいことがあるの」

「お任せください、オリヴィア様っ！」

今の今まで出番を待っていたらしいエリサは満面の笑みを浮かべた。

「マリカ、あなたにも頼みたいことがあるわ。家に戻ったら、きちんと話をしましょう」

どこで誰が聞いているかわからない。離宮ではなく家と言っておく。

（……見て回った感じ、町には大きな問題はないのよね）

もしかすると、もっと城から離れればいろいろな問題が見えてくるのかもしれない。もっと動き回った方がいいと思うけれど、そのためにはまず、オリヴィアの駒となる人間が必要だ。

第三章　飴と鞭の使い方ぐらい心得ています

準備を進めること三日。

「ふたりともさすがだわ！」

オリヴィアは、全力で侍女姉妹を褒めた。さすがウェーゼルク辺境伯家の暗部を担ってきたふたりである。

「なにをおっしゃるんですか。当然のことをしたまでです」

「そうですよ！　私達は、オリヴィア様のために生きているんですからね！」

エリサは、捨てられていたのを辺境伯家に拾われた。だからだろうか。彼女の忠誠心は、時として姉のマリカをたじろがせるほどだ。

今回だって、エリサにはいろいろと大変な思いをさせてしまうことになったというのに。

「では、始めましょうか」

エリサに報いるのはあとだ。まずは、目の前のことを片付けなければ。

オリヴィアの目が、力強さを増す。侍女達が身支度を終えると、扇を手にしたオリヴィアはゆっくりと一歩踏み出した。

目指すのは応接室である。

「お待たせしたかしら？」

呼び出した客人に向かって、オリヴィアはにっこりと微笑んでみせた。相手の視線が、オリヴィアの身体を上から下までさっと走ったのもちゃんとわかっている。

今日選んだ戦装束は、国から持参したドレスである。夜が明ける頃の海のような神秘的な色合いのドレス。

キラキラと輝くビーズがびっしりと縫い付けられているドレスは、身体を動かす度にビーズが触れ合ってしゃらしゃらと澄んだ音を立て、光を反射して煌めく。

これがどれだけ手のかかっている品なのか、客人である侍女長は見抜くことができるはず。

（……圧倒されているようね）

オリヴィアの期待した通り、侍女長はドレスから目を離すことができないようだった。

動きやすい服を好むオリヴィアだが、きちんと装うことも知っている。今は、侍女長に、オリヴィアの家が持つ財力と権力をわかりやすく伝えるためにこうして装った。

ウェーゼルク辺境伯家は、魔獣から採れる素材で、かなり裕福なのである。

「王妃にあてられる予算は、どうなっているのかしら？」

侍女長が目を離せないのを意識しながらオリヴィアはゆっくりと腰を下ろす。オリヴィアの背後に素早くマリカとエリサがついた。

オリヴィア越しに視線で侍女長を威圧している。ふたりに睨まれ、侍女長は身を小さくした。

「王妃様の予算は、すべて王妃様のために使われております」

はっ、とオリヴィアは侍女長の言葉を鼻で笑って受け流した。手にした扇で、ひらりとあおぐ。

「しなびた野菜しか入っていないスープと、硬くなったパンしか出してもらえないほど、王妃の予算は少ないのかしら？　それも昨日からは運ばれてきていないのだけれど」

「ま、まさか、そのようなことは！　もちろん、きちんとしたお食事――きゃあっ！」

腰を浮かせ、閉じた扇で、ぴしゃりと侍女長の肩を叩く。本気で殴ったわけではないので痛くはないだろうが、驚いたには違いない。

「ふざけないで。私が、なにも知らないとでも？　マリカ」

「はい、こちら。侍女長の部屋に隠されていたものでございます」

マリカが取り出したのは、宝石箱であった。蓋を開けば、見事な宝石がいくつも収められている。

「あら、まあ……見事な宝石だこと。王妃にふさわしい品ね」

「なんですか、私の部屋に勝手に入って持ち出したというのですか！」

「あら、だってこの宝石、私の嫁入り道具よ？」

オリヴィアが取り上げたのは、立派なルビーである。大粒のそれは、金の台座にはめ込まれたらさぞや見事に輝くだろうと見る者に思わせた。

「ど、どうしてそれがわかるのです……どこにでもある品ではありませんか」

「馬鹿ね。これは、私が自分で選んだものなの。私の目の色に合わせてね。自分で選んだ宝石がわからないような節穴ではないわよ、私の目は」

オリヴィアが言い放つと、侍女長は黙った。だが、まだ負けてはいないようだ。

こちらを睨みつける目には、反発心がまだ残っている。扇で背後に合図すると、次の品が取り出された。

「それと、こちらもですね」

重い音を立てて、テーブルに革袋が置かれる。

テーブルに置かれた革袋から、じゃらりと転がり出てきたのは大金貨である。この金貨一枚で、庶民の家なら四人家族が一年暮らせるほどの価値がある。

「……ずいぶんな大金だこと」

「わ、私がお給料をためたものですっ！」

金額の多さをあざ笑ってやれば、侍女長は顔を引きつらせた。たしかに侍女長と呼ばれる身分であれば、それなりの給料は与えられているだろう――けれど。

「あらあら、こちらの金貨、イリアーヌ通貨だけれど。この国では、私の国の金貨が使われているのかしら？」

「いえ、それは……」

「だめよ、侍女長。この金貨も、私の持参金——ここ、目印がついているでしょう?」

テーブルの上に投げ出された大金貨。金貨には、赤いインクで印がつけられていた。このインクは、ちょっとやそっとでは落ちない特別製のもの。

「この印は、お父様が私のために作ってくださった印なの」

炎を模した印は、火の魔術を得意とするオリヴィアのものだ。ウェーゼルク辺境伯家では、オリヴィアの持ち物には、この印をつけることも多い。

「そ、それは……」

「エリサ」

侍女長の言い訳には耳も貸さず、背後にいるエリサの名を呼ぶ。エリサの方も心得たもので、すぐに口を開いた。

「侍女長は、昨日は朝六時に起床、朝食を食べたあとは商人と面会。こちらの宝石箱の中にある、エメラルドの指輪を購入いたしました。その時の支払いに使ったのは、イリアーヌ王国の金貨です」

「なっ、なっ……」

「それから、侍女達に仕事を指示——おや、一応働いてはいるんですね。昼食後には仕立屋を。新しいドレスを一度に十着注文しています」

「あらあらあら」

わざとらしく声をあげ、オリヴィアは開いた扇の陰に顔を隠した。こういう相手には、甘い顔をしてはいけないのだ。

「侍女長は、いくつ身体を持っているのかしら？　私でもそんなにたくさん注文したことはないわ」

普通なら嫁入り支度を調える時に、たくさんの衣装を用意するのであろうけれど、オリヴィアには、そんな時間も与えられなかった。

「そ、それは……」

「侍女長って暇な仕事なのね。十着も新しいドレスを注文するということは、着る機会があるってことですものね」

「ですから、王妃様」

まだ、言い訳をするというのか。けれど、侍女長の言い訳に耳を貸すつもりは一切ない。

「あなたがいつ、誰と会って、どんな買い物をしたのかぐらい、簡単に調べることができるの。そして、その財源がどこから来ているのかを調べるのなんて、私の侍女達にとってはたやすいことよ」

「も、申し訳ございませんっ」

頭を下げる侍女長にはかまわず、なおも言葉を重ねてやる。

「そうそう、王都には、あなたの息子夫婦がいるわよね。母親が王妃の予算を横領したなんてことになったら、彼らも同罪かしら——それでは気の毒だから、こちらで手を打っておきましょうか？」

「——ひぃぃっ！」

扇で侍女長を指しながら笑ってやれば、彼女はぐるりと身を翻《ひるがえ》して走りだそうとした。自分の家族がどこにいるのか、オリヴィア達が知っているとは想像もしていなかったのだろう。

「逃がさないわよ！」

素早くマリカが侍女長の前に回り込み、腕を取って床に膝をつかせる。

オリヴィアはあえてゆっくりと立ち上がり、侍女長の方に歩み寄った。見下ろせば、こちらを見上げている侍女長はがたがたと震えている。

「まだ、話は終わっていなくてよ」

「ひ——い、命だけは……！」

侍女長は、ごくごく普通の女性だ。

彼女が暴れたところで、ウェーゼルク辺境伯家の暗部にはかなうはずもない。

再び悲鳴をあげたのは、背後にいるマリカが彼女の頬に冷たいナイフを当てたから。

頬のナイフの感触に侍女長が怯えているのをわかっていながらも、オリヴィアはマリカに侍女長を離すようには命令しなかった。

まだ、彼女には怯えていてもらわなければならないのだ。

「ねえ、あなた。あなた、私がウェーゼルク辺境伯家の者だって知らなかったの？」

指先に炎をともし、侍女長のすぐ目の前に持っていく。

真正面には睫毛《まつげ》が焼けそうな距離に炎。頬にはいつ切りかかってくるかわからないナイフ。

侍女長は目を見開いたまま、だらだらと汗を流している。

（そろそろ、かしらね）

ふっと指先の炎を消し、オリヴィアはマリカに侍女長を離すよう命じた。十分脅しただろう。

にっこりと笑ってソファに戻る。

「どうぞ、お座りになって？　建設的な話ができると嬉しいわ」

「け、建設的なお話と言いますと……？」

「あら、私、あなたとは仲良くやっていければいいと思っているのだけれど。王妃の予算をすべて持っていかれるのは困るわ。それは欲張りというものよ。そうね、半分で手を打たない？」

浮かべた笑みをさらに大きくし、悠々と足を組み替える。侍女長は、のろのろと向かい側に座った。

「半分……？」

「ええ。私は、まともな食事があればそれでいいの。食事以外は、残った予算でやりくりするわ。いざとなったら、実家に頼ればいいし」

「ですが、ご実家との連絡については」

と、この状況で侍女長は空気を読まない発言をした。というか、自分に発言権があると思える方がおかしい。

「オリヴィア様、こいつ殺りましょう。大丈夫です、証拠は残しません」

「ひぃっ！」

マリカの殺る発言は、半分口癖のようなものだ。たしかにそれが、一番手っ取り早いと思うことはしばしばあるのだが。

たとえば、オリヴィアをこんな状況に追い込んだ張本人であるグレゴールとか。だが、それは最終手段であり、できるからって誰も彼も殺して回るわけにはいかない。

「使えなくなったらお願いするけれど、まだ、その時じゃないと思うの。まずは使える人材かどうか、確認しないと」

相手を人間ではなく道具とみなすとんでもない発言であるが、これはあえてのこと。侍女長に脅しをかけているだけだ。甘いと言われるかもしれないが、侍女姉妹だってオリヴィアは道具としてみなしたことはない。

「つ、使えるって……」

「勝手に実家と連絡を取るのが禁止されているのは知っているわ。でも、そこはあなたが目をつぶればいい話でしょ？　同じように、目をつぶっておいてほしいことがいくつかあるってことよ」

「もし、お断りしたら？」

「あなた――ではなく、あなたの息子夫婦が責任を取ることになるわわね。情報収集に関しては、うちのエリサは本当に優秀なのよ」

エリサは、まず、色仕掛けで王宮を警備している兵士をたぶらかした。そして、侍女長についての話を聞きだしたのである。

エリサ曰《いわ》く「手を握らせてやったらイチコロ」とのことなので、詳細については聞いていないが、侍女長の家族がどこに暮らしているのかを見つけ出すぐらいエリサにかかればたやすいことだった。

「息子夫婦……」

「ええ。私達、ウェーゼルク辺境伯家の人間ですからね。そのあたりのことは――まあ、あなたは身をもって今実感しているところでしょうけれど」

くすくすと笑いながら、オリヴィアは扇を開く。この扇、実に使いやすいと感心した。

侍女長の目には、悪役のように見えているだろう。

首筋に、背筋に、頬に。ちょうどいいタイミングを見逃さず、マリカはナイフを押し当てている。こういう脅しはエリサの方が得意なのだが、マリカもなかなかいい腕をしている。

「で、ですが……」

「ちょっと目をつぶってくれているだけでいい。王妃の予算の半額はあなたが好きに使えばいいい。帳簿の改ざんに協力してもいいわよ」

　本来被害者であるオリヴィアが、帳簿の改ざんに協力するというのだ。

　犯罪を行う側としては、見逃せない機会。侍女長の目に、欲望の炎がともった。こういう人間は扱いやすい。金銭で言うことを聞かせることができるのだから。

「私達と協力して財産を得るか、それとも家族を失うか。どちらにする？」

「き、協力します……」

「は？」

　侍女長の背後にいるマリカが目を剥いた。いったん離したナイフを、再び侍女長の頬に当てる。

「協力します？　させていただきますじゃないの？　あなた、自分の立場わかってる？」

「協力させていただきますっ！」

　侍女長は、流れるような仕草でソファから飛び降り、オリヴィアに向かって平伏した。

（マリカってば、とても楽しんでるわね……）

　たしかに侍女長の振る舞いには、オリヴィアも少しいらっとしてしまったので、マリカの気持ちもわかる。

「いいえ、いいのよ。お互い、気持ちのいい取引にしたいわね」

「承知いたしました……」

「食事はこちらで作るから、食材だけ届けて。私が離宮にいなくても、陛下にはうまくごまかしておいて。それと、実家との連絡はあなたに任せるから、中身の確認はするといいわ」

グレゴールのことだ。実家との連絡は、侍女長に把握させるつもりだろう。実家との連絡には、ウェーゼルク辺境伯家の暗号を使うから、侍女長に中身を改められたところで問題ない。

ようやく解放された侍女長は、ふらふらと部屋を出ていく。

自分の部屋に侵入できるような腕利きを、オリヴィアが連れてきていることに思い当たらなかったのが彼女の敗因だ。

「あら嫌だ、あの人、自分の持ち物を置いて行ってしまったわ。お金は半分届けてあげてくれる？　実家から持って来た宝石はこちらに戻して、彼女が買った宝石もお金と一緒に届けてちょうだい」

「でも、オリヴィア様のお金で買ったんですよ？」

「いいからいいから。飴《あめ》と鞭って言うでしょう？　私の言うことを聞いておけば、甘い汁が吸えると思っておいてほしいの。少し、脅しすぎてしまったしね」

納得いっていない様子だが、エリサは革袋とエメラルドを掴んで侍女長のあとを追っていった。ついでに今後の方針について侍女長と話をしてきてくれるだろう。

「さて、これで堂々と町に出かけられるようになったわね」

面会はまず、侍女長を通すことになっている。

侍女長にはこちらに待機してもらって、誰か来たら「王妃様は具合が悪い」と言ってもらうことにする。留守の間にグレゴールからの呼び出しが来た時はどうしようという懸念については、これで解決できることになった。


侍女長と「契約」した翌日。オリヴィアはさっそく城下町に出かけることにした。

今回もマリカとエリサの両方を伴っている。オリヴィアはちょっといいところのお嬢さん風の装い。マリカとエリサは付き添いのメイドの装いだ。

「オリヴィア様、今日はどうするおつもりなのですか？」

「ウィナー商会に行くわ。商会の人が、こちらに店を開くことにしたのですって」

お飾りの王妃になれと言われてすぐ、ウィナー商会の者をこの国によこすよう連絡しておいた。もともとオリヴィアの輿入れ《こしい》れを契機に、こちらでも店を開く予定だったというから、誰かついている頃合いだろう。

ウィナー商会は、イリアーヌ王国内で絶大な勢力を持っている商会である。イリアーヌ王国の商業活動のうち半分以上は、ウィナー商会が関わっていると言っても過言ではない。

ウィナー商会の店が置かれる予定の場所を訪れて声をかける。

「ウィナー家の者はいるかしら？」

「お約束はございますか？」

対応してくれたのは見たことのない青年だった。オリヴィアは首を横に振った。

「いいえ、約束はしていないわ。でも、いるならこれを見せてちょうだい。時間を取ってくれるはずよ」

「かしこまりました」

庶民の服を着ていても、オリヴィアの立ち居振る舞いには上流階級の者らしさが溢れている。素早くそれを見て取るあたり、ウィナー商会の人間というだけのことはある。

オリヴィアが見せた商会お得意様の印がついた板ものを言ったのだろう。

「お待たせいたしました、お嬢様」

「まあ、ダミオン。あなたが来てくれたのね！」

慌てて奥からやってきたダミオン・ウィナーは、現商会長の三男である。

父の商売を手伝うようになって十年ほど。二十代後半の彼は、オリヴィアとは昔からの顔馴染だ。

商人らしい相手の警戒心を解いてしまう感じのいい微笑みに、丁寧な物腰。

顔立ちは整っているといえば整っている方で、お得意様の中には彼の笑みを見たさに買い物をする若い女性も多いらしい。そして彼も、その微笑みを有効活用するのにまったくためらわないタイプだ。

「どうしてこちらに？」

「あなたに、投資をしようと思って」

　にっこり、と微笑めば、彼は事態を理解した様子だった。すぐに、従業員に指示を出す。

「こちらのお嬢様は、お忍びでいらしている貴族のご令嬢だ。お名前については、おたずねするな」

「かしこまりました」

　貴族がこういう店を訪れるのも珍しい話ではない。その時に、身分を偽っておくのも。

　ダミオンは、オリヴィア達を店の一番奥にある部屋へと通した。贅を尽くした家具で調えられたこの部屋は、最上級の顧客だけが招かれる場所である。

「ご主人はいかがお過ごしで？」

「さあ。結婚式の夜から、一度も顔を合わせていないの」

　あえてグレゴールのことを「陛下」ではなく「ご主人」と呼ぶあたり信用できる。この部屋は、機密が漏れないような作りにはなっているだろうけれど、どこで話が漏れるかはわからない。

「なんと。それで、お嬢様――いえ、奥様とお呼びしましょうか――は、本日はどのようなご用件で？」

「こちらの商品なのだけれど。まだ、わが国では流通していないわよね」

「これはこれは」

オリヴィアがテーブルに置いたのは、茶葉であった。侍女長の部屋から持ち出し――分けてくれるよう、丁寧に侍女長に頼んだ――ものである。

侍女長の部屋から持ち出してきたそれをマリカとエリサと一緒に飲んだのだが、たしかにいい香りだった。今後、起床後の一杯はこれにしようと思うほどに。

「こちらではさほど珍しくないみたいなの。香りがいいから、貴族の女性の間では流行ると思うわ。それに、『オリヴィアのお気に入り』と書いてしまってもいいわよ。この国で栽培されている茶葉であるのはすぐにわかるでしょうし」

この国ではグレゴールに認められていない王妃だが、イリアーヌ王国に戻ればオリヴィアの人気はなかなかのものなのである。

王女に準じる身分にきりっとした美貌。おまけに魔獣から国境の地を守っている英雄一族でもある。オリヴィアが気に入っているとなれば、母国の令嬢達はこぞって買うに違いない。

「そ、それは破格の条件ですな……」

「でしょう？」

「しかし、なぜ、そのようなことを」

「私、さっそく兵糧攻めにあってしまったの。いざという時、自分の手で動かせるお金がないのは怖いと思って」

王妃の予算の半分は手元に届くことになっているし、侍女長が裏切る心配はしなくてもいいだろう。だが、グレゴールのことだ。いつ、オリヴィアに使う予算を削減するかわからない。それならばいっそ、最初から自分の財産は自分で作ろうと思った。いざという時、お金がないのでは動けない。

「かしこまりました。では、この茶葉についてこちらでも調査してみます。いけそうだと判断した場合は、ぜひ、前向きに進めさせていただければ」

「この場で、受けると言ってくれると思ったのに」

「奥様、我々は商人です。商人は、勝算のない賭けはいたしません」

「そうね。あなたが正しいと思うわ。では——その気になったら、この女性をたずねて。彼女が窓口になっているから」

紙に書いて残したのは、侍女長の連絡先である。

本来、オリヴィアとの連絡は彼女が一手に管理することになっていたのだから、なにも間違ってはいない。正式な手続きである。

（私と直接対面できるようにしてもらうけれど）

オリヴィアから受け取った金銭の額がどんどん膨れ上がり、もう手を引けないところまで行ってしまえばいい。そうすれば、駒の完成だ。

（……心を強く持たなくてはね）

人を駒にするのに抵抗がないと言えば嘘になる。けれど、ここで生き残ろうと思ったら、そうするしかないのだ。

＊＊＊

「あいつ、どういうつもりで……！」

いきなりルークが吠《ほ》えたので、エーリッヒは飛び上がった。

本来ならルークは国に戻らねばならない頃合いだが、まだウェーゼルク辺境伯家に居座っている。

「あいつって、誰のことだよ」

「グレゴール・ベリンガー！」

口にするのもいとわしいと言わんばかりに、ルークは妹の夫の名を吐き捨てた。

（こいつ、本当にオリヴィアのことが好きだったからな……）

共に過ごすことができるのは、一年のうち数か月ほどか。互いの領地を侵犯する魔獣退治に協力してあたる時だけ。

それでも、毎日必死の戦いが繰り広げられているというわけでもなく、時々は時間に余裕ができる時もある。

ルークが妹を愛していることなんてとっくに知っていた。

「そりゃ、オリヴィアの夫としてはいろいろともの足りないかもしれないが」

グレゴールについて、辺境伯家でも調査は入れた。ルークと比べるといろいろと物足りないのは事実だが、オリヴィアと同じ年齢だ。オリヴィアが側にいて、共に歩めばきっと問題はないだろう。

だが、エーリッヒの言葉に、ルークはますます険しい表情になった。

「あいつオリヴィアをお飾りの王妃にするつもりだぞ」

「は？　そんなこと――」

「手紙にそう書いてある」

ルークは、自分の家の間諜をストラナ王国に送ったらしい。どこの家でも間諜のひとりやふたり抱えているものだが、家の事情でもないのに他国に送るというのはどうなのだ。

「お前、本当にオリヴィアの兄か？　オリヴィアなら自分が不当に扱われていたらどうする」

「正統な扱いをするよう要求する」

「あの男がそれで考えを変えると思うか？」

「いや、どうだろうな……今のオリヴィアなら正当な扱いをするよう要求しないかもしれないな」

そう、オリヴィアはただ結婚しただけではない。彼女の振る舞いで、両国の間に戦が起きかねない状況で嫁いでいったのだ。

オリヴィアはその状況を知っている――だとしたら。

「すべて、飲み込んでしまうだろうな」

妹には、信頼のできるふたりの侍女をつけてある。どちらも優秀な侍女だ。彼女達に任せておけば大丈夫だと思う反面、オリヴィアを神聖視する傾向があるのは少し心配だ。

「オリヴィアを名ばかりの王妃にするなんて、グレゴールはどうかしているんだ」

ルークの言葉にも、実感がこもっていた。オリヴィアは美しく、聡明だ。彼女を得られたのに、お飾りの王妃にする必要があるだろうか。

――だが、それは。

ある程度年を重ねて――というには、ルークもエーリッヒもあまりにも若いが――経験を得ているからこその考えかもしれない。オリヴィアと同じ年頃の少年には、彼女が逆にまぶしすぎるかも。

「ちょっと行ってくる」

「行ってくるってどこにだよ！」

「あの国に決まってるだろ。オリヴィアの様子を見てくる」

「――おい！」

こうなったルークを止められる者はいない。ルークの側近達に叱られる未来が容易に想像できて、エーリッヒは頭を抱え込みたくなった。

「待てってルーク！　いきなり行っても会えるわけないだろ――手を貸してやるから！」

こんな時のために、事前にウィナー商会の人間をあちらの国に潜り込ませてある。こうも早く彼らを頼ることになるとは想像もしていなかったが。

ルークをひとりストラナ王国に放り込むより、きっとはるかにましな手を打ってくれることだろう。商会長の息子に支店長となってもらったのだから、そのくらいはどうにでもなるはずだ。

＊＊＊

「……さすがね」

「さすがですね」

「感心してしまいます。側に寄ろうとは思いませんが」

最初に感心したのはオリヴィア。同意したのは、エリサである。マリカだけはちょっと様子が違っていた。

三人は、離宮のバルコニーでお茶を飲んでいるところだった。視線の先では、若い侍女達が若い男を取り囲んでいる。

その取り囲まれている男というのが、ダミオン・ウィナーであった。

オリヴィアの便宜をはかるためにこの城に来たはずが、若い女性達に囲まれて盛り上がっていた。

「彼なりの情報収集なのでしょうね。あとで、こちらに回ってもらいましょう」

「いいえ、本日はオリヴィア様との面会が最優先事項ですから、あそこで鼻の下を伸ばしている場合ではないのですよ、本当は」

マリカはしかめっ面になった。

グレゴールは、いまだにオリヴィアと真の夫婦にはなっていない。

そのためか国から連れてきた侍女ふたりは、実家にいた頃と変わらずオリヴィアをオリヴィア様と呼ぶ。

そう呼ばれる度に、ほっとしてしまうのも事実だった。オリヴィアがこの国に来た最大の目的は、まだ、果たされていないというのに。

「ダミオンに来てもらって正解だったわね。ほら、侍女達が皆骨抜きになっているもの」

バルコニーから見ているだけでもわかる。侍女達は皆、ダミオンにのぼせ上がってしまっている。

王宮で働く侍女ともなれば、最低でも貴族の身分は必要となる。そんな彼女達にとって、見目麗しい商人というのは、ちょうどいい遊び相手なのだ。

庭園内にウィナー商会の出張販売所を設けたのは、侍女長の発案である——ということになっている。実際はオリヴィアの発案で、堂々とダミオンを王宮内に入れるためのものなのだが。

ダミオンは、綺麗《きれい》なハンカチや身を飾るためのリボン、安価なアクセサリーなどを台車に積んで持ってきて、侍女達が見やすいように庭園に販売所を作っていた。

中には、なかなか手に入らない化粧品などもあって、侍女達の間では誰が購入するのか駆け引きが始まっているようだ。今後は、月に一度定期的に出張販売に訪れることになっている。

「終わったら、侍女長に挨拶——と称して、こちらまで来るのだったわね」

「ええ、あの女。私とエリサの言いなりです」

マリカがちょっと悪い顔をした。

最初は敵だった侍女長だったが、今は持ちつ持たれつのいい関係だ。

王妃の予算の半分を持っていくことが許されている今、侍女長にとってオリヴィアはいい金づるだ。こちらも、必要がなければ侍女長を脅すようなこともない。

オリヴィアが侍女長と今の関係を続けている限り、彼女はオリヴィアとの協力体制を崩そうとはしないだろう。

グレゴールにバレた場合には確実に一蓮托生《いちれんたくしょう》であるけれど、それに気づいていないのだから教えてやる必要もない。

「それで、その間侍女長はどうするの？」

「私とお話をすることになっています」

と、今度はエリサがちょっぴり悪い顔。なんでも、王宮内の事情のあれこれをこの機会に侍女長から聞くことになっているそうな。

面会の場に使うのは、隣り合った二部屋。中は内扉で行き来できる場所を選んだから、他の者達には誰と誰が面会しているのかわからないというわけだ。

その部屋は、最も奥まった一画にあるから、そこへの出入りを許されているのは侍女長だけではあるのだが。

「わかったわ。では、行きましょうか」

ダミオンに会うのにも気を抜くつもりはない。元気だと国元に報告してもらわなければならないのだから。

面会用のドレスに身を包み、応接室に向かう。

なにかとダミオンが衣服を仕立てるための布地を献上してくれるのだ。結果として、国元にいた頃よりドレスの数については増えたかもしれない。

支度をしている間に、応接室にはダミオンが先に入ったと報告が入る。待っているつもりだったのだが。

「ダミオン、待たせた――」

部屋に入り、しかしそこでオリヴィアは固まってしまった。

「……なんで？」

「――会いたかった！」

「会いたかった、ってルーク、あなた！」

口から漏れたのは、悲鳴じみた声。

だって、ルークがここにいるなんておかしいではないか。

ダミオンの従者というような立場でここに来たのだろう。庶民の着るような簡素な衣服に身を包んでいる。

だが、服装を変えたところで、彼の身にまとうただ者ならぬ雰囲気までは隠しきれるはずがない。

「どうして」

「どうしてって……オリヴィアが不幸なのに、気にならないはずないだろ？」

「そんなの……だって、私、手紙には」

手紙には、心配いらないと書いたはずだった。なのに、ルークときたらオリヴィアのそのわずかな嘘でさえも見抜いてしまったというのか。

「幸せなら、それでいいんだ。だけど、不幸なら――」

背中に回されたルークの腕が震えている。こんなにも彼の体温を身近に感じて苦しい。

だが、オリヴィアは全力でルークとの抱擁から身を解いた。

（……まさか、ここまで無鉄砲だなんて！）

昔から、ルークが危険をいとわないのは知っていた。だが、ここは他国の王宮。しかも、王妃の暮らす離宮だ。たとえ、本当の王妃ではなかったとしても、だ。

「逃げよう、オリヴィア」

「馬鹿なことは言わないで！」

前にもされた提案。けれど、オリヴィアはそれを突っぱねた。

「幸せなら、黙って見守るつもりだった。だけど、これじゃ――」

「ルーク、あなた、ブロイラード伯爵家をつぶすつもりなの？　私とあなたの関係なんて、少し調べればすぐにわかってしまうわ」

逃げよう、ともう一度提案してくれたのは嬉しかった。正直なところ、心が揺れなかったと言えば嘘になる。

オリヴィアには見向きもしない夫を捨てて、王妃という立場なんて知らないことにして、この温かな手を取ってここから出ていくことができたなら。

「できないのよ、ルーク。前にも言ったわ。私は、王家に準じる立場としての扱いを受けてきた。だから、役目を果たさなければならないの」

自分の肩に載せられている責任がどれほど重いものか――知っているから。知らないわけにはいかなかったから。

　だから、どれだけルークの申し出に心惹かれようが、ここから出ていくわけにはいかないのだ。

「これは、あなたと私の関係だけじゃない。この国と、イリアーヌ王国の関係でもあるの。そして、あなたが私を連れて逃げれば帝国も巻き込むことになる」

　そう言葉を重ねると、ルークは黙ってオリヴィアを見つめた。それ以上、オリヴィアも言葉を持たない。

「なら、国の関係が変わればいいんだな」

「……え？」

　たしかに、国の関係が変われば、オリヴィアがここから出ていくことも可能になるかもしれない。グレゴールと離婚できるだけの状況を、きちんと整えることができたなら。

「力をつけて、迎えに来る」

　頬に触れるルークの手。その手に、オリヴィアの手が重なった。

（そんなこと、できるはずがないのに）

　いくらルーク個人に力があるとはいえ、伯爵家の三男だ。国と国との関係が変わるような影響力を持つまで、どれだけ努力が必要になることか。

　できないとわかっているのに、ルークの言葉が嬉しい。

　戦っているのは、オリヴィアだけではないと思えるから。

「ルーク」

口から零れる名は、こんなにも甘い。こんなにもオリヴィアの胸をかき乱す。だからこそ、ここでルークを突き放す。

「迎えに来る。それまで、あいつに心を許さず待ってくれ」

「それは、約束できないわ。来てくれて嬉しかったけれど、もう二度とここには来ないで。あなたも危険だもの」

「……それは」

オリヴィアの言葉に、ルークは渋い顔になった。

「約束してくれないのなら、ダミオンの出入りも禁止しなければならないわ。そうなったら、私は生活に困るでしょうね」

そう続けたら、今度は顔をしかめた。ダミオンがいなければ今の生活が成り立たないというのは、彼もわかっているようだ。

「約束だからな、迎えに来るからな！」

絶対だ、と彼は言葉を重ねる。

「だめ、来ないで」

もう一度突っぱねたけれど、彼の言葉は、きっとこれからもオリヴィアの支えになってくれる。忘れなければと思ったのに、忘れられない。

オリヴィアは、思い出として胸の奥に彼の言葉を刻み付けた。

＊　＊　＊

マリカは両腕を組み、足を踏ん張ると声高に呼んだ。

「ダミオン・ウィナー！」

「はいっ！」

「どういうつもりなの？　あの方をここに連れ込むなんて」

ルークは先に引き上げていった。

ダミオンは、話があるとマリカが引き留めたのだ。叱られるとは思っていなかったらしいダミオンは、きょとんとした顔になった。

だめだ、こいつ。

「だって、ルーク様とオリヴィア様は恋仲なのでしょう？　おふたりを会わせることが、なによりもオリヴィア様の慰めになると思った――」

「この馬鹿者っ！」

拳で殴ってやろうかと思ったが、平手で勘弁してやった。それでも、戦う技術を叩きこまれたマリカと一介の商人であるダミオンだ。思いきりよろめき、倒れ込みそうになった。

顔を上げたダミオンは、不満の表情だ。自分の行動が、あまりよろしくないものであるとまったく考えていなかったらしい。

「あなたね、オリヴィア様がどれだけの覚悟を決めてこの国に嫁いだと思っているの？　どれだけ泣いたと思っているの？　なのに、あなたときたら――」

どうしよう殺ってしまいたい。いや、今こそ殺るべきではないだろうか。

幼い頃から、オリヴィアとルークが少しずつ近づいていくのを、微笑ましく見守っていた。

愛らしかったオリヴィアは、成長するにしたがって洗練された美貌を持つようになっていった。王女のいない現王家においては、王女に準じる立場とされたほどの高貴な身分。

そして、その身分を鼻にかけない気安さと、他の者達への気配り。心優しいだけではなく、辺境伯家の一員として、戦いの場に身を投じる覚悟もできていた。

――彼女に恋をした男性が、何人いたか、この男はまったく気づいていないのだろうか。

初恋を諦め、この国に嫁いだ。

夫となった国王にお飾りの王妃にすると宣言されても、実家にそれを訴えようとはしなかった。

――すべては、両国のために。

なのに、封じたはずの初恋を、この男は無神経にも目の前に引きずり出してきたのだ。細切れにしてやってもまだ足りない。

マリカのまとう空気が変化したのを、さすがのダミオンも気づいたらしい。いつもは商人らしい愛想のよい笑みを浮かべている彼の顔に、怯えの色が走った。

(まだ、足りない。これだけじゃ、まだ足りないわ……！)

オリヴィアの心を乱した責任を、どう取らせてやろうか。

「マ、ママママ、マリカ様っ！　反省しました！　心から反省いたしました――！」

頭の奥の方から「殺ってしまえ」とそそのかす声が聞こえてくる。

暗部の一員としてオリヴィアに仕えるとなった時、覚悟した。オリヴィアのためならば、何人だって殺してみせる。

必要とあらば、この身体を盾にしても守り抜いて見せる――と。

その忠誠心を、今、ここで発揮しても誰も文句は言えないはず。

いつも隠し持っているナイフに手が伸びた時、横からそっとその手を押さえられた。

「姉さん、だめ」

「だけど、こいつは」

「まだ使えるから。使えなくなるまで我慢して。オリヴィア様は、侍女長もそう言って許したでしょう?」

人を人とも思わないあんまりな発言であるが、義妹にしてもマリカにしても、オリヴィアに誓う忠誠は絶対だ。

「まだ使える？」

「ここでうかつに殺してしまって、商会長を敵に回すのも得策じゃないでしょ。私が、使えるようにする」

エリサを見て、ダミオンはぱっと顔を明るくした。エリサが救いの女神に思えたのだろう。

――彼の予想は、大いに間違っているわけであるが、それをマリカが告げる必要はない。

オリヴィアが、ルークが、互いにどれだけ相手を大切に想っているか。知っているからこそ、マリカもうかつな行動には出なかったのに。

それを、この男は全部ぶち壊してくれた。

「任せる。徹底的にやっちゃって」

「任せて、姉さん」

血の繋《つな》がりはないが、長い時間を共に過ごしてきた大切な妹だ。これだけで、あとは任せられるとマリカは安堵したのだった。

＊＊＊

エリサは、空き部屋にダミオンを連れ込んだ。

「ねえ、ダミオン。姉さんの言っていること、ちゃんと理解してる？」

「も、もちろんですとも！」

あ、こいつわかってないな。彼の顔から、エリサはそう判断した。

「本当に？　わかってる？」

「な、なにを？」

「気づくのが遅いのね」

ダミオンを椅子に押し付けたかと思ったら、手際よく椅子に縛り付ける。自分がこんなにもあっさり拘束されると思っていなかったのだろう。ダミオンは、抵抗する間もなく拘束されてしまった。

「私ねぇ……幼い頃、死にかけていたのを、オリヴィア様に救われたの。育ててくれたのは姉さんの家族。そんな命の恩人を苦しめるようなやつ、躾《しつけ》もせずに帰すはずないでしょう？」

侍女長の時と一緒だ。まずは、徹底的に心を折らねばならない。

すっと肌にナイフを走らされ、ダミオンは悲鳴をあげた。

「や、やめてくれ！　助けてくれ！」

「あらやだ。切れてないわよ」

ナイフを身体に押し当て、刃を走らせたのは嘘ではないが、傷ひとつつけていない。

「オリヴィア様の心は、もっと痛かったでしょうね？　ねえ、ダミオン。自分がどれだけ無神経だったかあなたわかってる？」

「わ、わかった！　わかった！　理解した！」

「まだわかってないわよ、あなた」

今度は頬にナイフの先を当てた。力の入れ方を間違えたら、すぐにグサッといってしまうだろう。

「あっ……ひぃ……」

「ねえ、ダミオン・ウィナー。あなた、私達を舐《な》めてるの？　ただの侍女だと思ってる？」

無言で首を横に振る。心の方は強くないらしい。これなら、そう難しい話ではない。

「あなたの行動は、オリヴィア様のことを思ってのものであると私達もちゃんとわかっているのよ？」

さんざん脅したので、今度は甘い言葉をかけてやる。ここでフォローしておかないと、今回は、完璧に心を折りたいわけではないのだから。

「あなたならできるって信じてる。オリヴィア様のことをもっと考えてあげて」

今の今までナイフを当てていた頬に、手のひらをそっと押し当てる。ナイフの冷たい感触に変わって触れるのは温かな人の体温。

すっとダミオンの身体から力が抜けたような気がした。

（……ここまで来れば、あともう少しね）

オリヴィアのために、様々なことを学んできた。人をだますことも、脅すことも、殺すことも。すべては、自分を拾ってくれたオリヴィアのため――そして。

「姉さん、終わった！」

「あいつどうしてる？　ちゃんと躾できた？」

「ええ、おりこうさんにしているわよ。今後は、余計なことはしないって」

「偉いわ、エリサ」

姉が、エリサの身体に両腕を巻きつけ、強く抱きしめてくれる。

母の顔も知らない。誰かに抱きしめられることなど知らなかったエリサに、家族の温かさを教えてくれたのは、マリカとマリカの両親だ。

姉のように強くなりたかったけれど、残念ながらエリサの身体能力はそれほど高くなかった。だから、別の能力を磨いた。エリサに家族を与えてくれたオリヴィアのために。

身に付けたのはたくさんの情報の中から、必要なものをすくい上げる観察眼。そして、人の心を操る術だ。オリヴィアと姉のために役立つことのできる今は幸せだ。

「よく言い聞かせたから、今後、ルーク様を連れてくることはないし、彼からの手紙も取り次がないわ」

ちょっとやりすぎてしまって、エリサを女神のように崇《あが》める仕上がりだが、そこは諦めてもらおう。エリサが忠誠を誓うオリヴィアに完全に服従するというのだから、悪い仕上がりではないはずだ。

第四章　反撃の準備を始めてもいいかしら？

オリヴィアが王妃となって、三か月が過ぎた。

あれ以来、ルークは一度も王宮を訪れていない。彼との再会に心を揺さぶられたけれど、その方がいいのだ。

ダミオンは大丈夫かと思っていたら、マリカとエリサのふたりにさんざん絞られたらしい。次に顔を合わせた時には、しゅんとした彼から丁寧な謝罪があった。

「今日は、ようやく陛下にお目にかかれるのね」

今まで何度かグレゴールと顔を合わせようとしたのが、毎回失敗に終わっている。

剣術の訓練を遠くから眺めてみたり、「偶然」乗馬で行き会うようにしたり。

その度に「剣術の訓練所には近づくな」「乗馬を禁止する」等、新しい命令が追加された。

がっかりである。

それはそれでともかくとして、今日はオリヴィアにパーティーに出席するようにという命令が届いていた。外国からの賓客をもてなす会だそうだ。

賓客を迎える場に、王妃が不在というわけにもいかないのだろう。それも、アードラム帝国の皇帝だ。

グレゴールの結婚式に参加できなかったため、皇帝自ら祝いの品を持参してくれたのだそうだ。

（……恥ずかしくない服装を選ばねばならないのよね）

こういう場合、グレゴールと色合いを合わせるものなのだが、どうすればいいのだろう。一応、エリサに聞きに行ってもらったけれど、グレゴールからは返事はもらえなかった。

そこで、グレゴールの侍従と『ちょっとお話』をして、エリサが聞きだしたのは、グレゴールは青を身に着けるという話。

文句を言われたら「偶然です」と返すことにして、青のドレスを身に着ける。

ドレスにあしらわれているのは、アードラム帝国で作られているレースだ。大変貴重な品で、なかなか手に入るものではない。帝国の皇帝が訪れるのだから、相手の国を大切にしているのだと見せておく必要がある。

（ダミオンも、頑張ってはくれたのよね……）

しゅんとしているだけではなく、できる男であるとオリヴィアに見せなければという気になったらしいダミオンは、ウィナー商会の伝手《つて》を駆使し、最高品質のレースを手に入れてくれた。

ドレスに合わせるのは、銀とサファイアの一揃い。

「うん、悪くないわね」

侍女達の腕に満足して立ち上がる。グレゴールと、会話をする機会を作れればよいのだが。

グレゴールの暮らす本館へと赴くと、彼は仏頂面でオリヴィアを出迎えた。

十五の少年と思うと多少可愛く思えるが、国王としてはいかがなものか。これでオリヴィアと同じ年かと思うとため息をつきたくなる。

「お待たせいたして申し訳ございません、陛下」

「まったくだ。お前は、本当にグズなのだな」

頭を下げてそれを聞いたオリヴィアは、顔を上げた時には、表情を完全に消していた。

指定された時間には、まだ十分以上ある。なのに、グズだなんてどういうつもりだ。背後にいる侍女姉妹の雰囲気が変わった。

後ろに手を回し、「控えておきなさい」と合図する。不満そうな気配は伝わってきたけれど、ここで暴れてもどうしようもない。

オリヴィアの耳に、「くすくす」と笑う女性の声が届いた。視線を巡らせれば、二十代前半というところだろうか。赤い髪が美しい妖艶《ようえん》な美女が立っている。

「しかたありませんわ、王妃様は嫁いでいらしたばかり。慣れない環境ですもの。陛下、王妃様を許して差し上げて?」

「だがな、国王を待たせるなんて」

「国王たるもの、心を広く持たねばなりません。そうお教えしましたよね?」

なんなのだ、この女は。オリヴィアは眉間に皺《しわ》を寄せそうになるのを懸命にこらえた。

赤毛の彼女は、どういう立場でここにいるのだろうか。

彼女はグレゴールに近寄ると半分体重を預けるようにし、彼の頬に指を這《は》わせている。それは、まだ明るいこの時間には、あまりにも淫靡《いんび》で、良識ある者なら眉を顰《ひそ》める振る舞いだった。

「ヴェロニカが言うなら……まあ、許してやってもいい」

「そうです。寛大な心をお持ちになるべきです」

もう一度、グレゴールの頬に指が這わされた。

くすぐったそうな、照れくさそうな彼の表情。一応妻であるオリヴィアが目の前にいるというのに。

（……ヴェロニカとやらは、陛下の愛人ね。誰が陛下にあてがったのかしら。あとで、エリサに調べてもらいましょう）

多少笑われるのはかまわないし、目の前でいちゃつかれたところで腹立たしいとも思わないけれど、相手の素性がわからねば身を守ることもできない。

「先生、では行ってきます」

「はい、陛下。会談がうまくいくことを心から祈っていますわ」

グレゴールの耳元でささやき、ヴェロニカは身を離した。

（先生って……なにを教わっているのかしら……）

先生という言葉とは裏腹に、学んでいるようには見えない。

対処するにしても、エリサの報告待ちにした方がいい。仏頂面のグレゴールに向かって踏み出しながら、後ろ手でエリサに合図した。

「エリサ、やっぱりマリカひとりでいいわ。あなたは自由にしていて」

「本当ですか？　ありがとうございます、オリヴィア様！」

エリサに休みをやったように周囲の人には思われているかもしれないが、逆である。

ヴェロニカについて詳細な情報を集めるよう指示を出した。今の合図で、エリサならオリヴィアの意図をくみ取ることができる。

ヴェロニカから離れ、しぶしぶオリヴィアに差し出したグレゴールの腕を借りて、昼食会の会場へと入る。

それぞれの席について待っていると、やがて入ってきたのは立派な衣服を身に着けた男性だった。彼が皇帝である。

もう五十を過ぎようとしているはずだが、そんなことはまったく感じさせない若々しさを持っていた。

皇子が四人と皇女が三名。なかなかの子だくさんでもあるのだが、皇帝一族は仲良く暮らしているというのがもっぱらの評判だ。

（……似ているわ）

ふと、皇帝がルークと似ているのに気がついた。

ルークの家も、先々代の夫人が皇帝一族に近い家から嫁いできたらしいから、ルークは皇帝一族の血が強く出たのだろう。ブロイラード伯爵とは、さほど似ていないから。

「結婚、お祝いを申し上げる。これは、心ばかりの品だ。おふたりの仲がますますよくなり、王国に繁栄が来るよう願っている」

「ありがとう。感謝する」

自分より圧倒的な威厳を持つ皇帝を前に、グレゴールは緊張している様子だ。

自分を大きく見せようとしているのが、ありありと伝わってくる。オリヴィアだけではなく、周囲の人達にも完全に読まれているようだ。

皇帝はそのグレゴールの若さをどう判断したのだろう。オリヴィア程度では、彼の心を読むことはできない。

「オリヴィア殿、だったな。ウェーゼルク辺境伯家には感謝している」

今度はオリヴィアの方に向き直り、彼は声をかけてきた。オリヴィアは微笑みを浮かべて返した。

「もったいないお言葉でございます。父も、毎年ブロイラード伯爵家と協力できるからこそ、被害を抑えることができるのだと申しておりました」

「辺境伯は息災か？」

「はい、元気にしております。魔獣討伐が終わった時期は、毎年家族で過ごしておりました。きっと、今年ものんびりしているでしょう」

グレゴールは、家族との連絡も制限してきた。家族に連絡する時は、侍女長を通じて、事前にグレゴールの許可を取らねばならない。手は打ってあるのでかまわないが、この国について不利なことを書かないよう、きっちり中身は確認されている。

オリヴィアと皇帝の会話が弾んでいるのに、グレゴールは不愉快な思いをしているようだった。大声を出すような真似はしなかったものの、睨んでいる気配が伝わってくる。

他国の賓客を前に、彼の態度はいただけない。『先生』とやらは、そのあたりをきっちり教えていないのだろうか。

(基本的に、お子様なのね)

幼い頃母を亡くし、父を失ったあとは、異母弟と王位継承争いを繰り広げた。そんな彼の生い立ちには同情するべき点も多々あるが、だからといって今のような振る舞いが許されるとは思ってほしくない。

グレゴールは不満を抱えているようではあるけれど、皇帝を迎えた昼食会は、おおむね成功に終わった。

オリヴィアはできる限りグレゴールも会話に巻き込むようにし、皇帝もまたオリヴィアのその努力によく応えてくれた。

長年帝国を治めてきた彼にとっては、きっとオリヴィアの努力を見抜くぐらい朝飯前。

だが、それに気づいていたのは皇帝だけだったらしい。肝心のグレゴールにはまったく伝わっていなかった。

「お前は、俺に恥をかかせるつもりか？　皇帝との会話は、お前がすべて主導していたじゃないか！」

皇帝を送り出すなり癇癪《かんしゃく》を起こしたグレゴールは、オリヴィアの前で床を踏み鳴らした。とてもではないが、成人男性がとるべき態度ではない。

（私……できる限りのことはしたつもりだったのに）

あの場で、皇帝と会話が続かない方が失礼だ。オリヴィアは話題を繋げるべく知恵を振り絞ったし、どの話題でもグレゴールが仲間外れにならないよう気を配った。

オリヴィアはできる限りのことをしたのだが、まさかそれが恥をかかせるつもりだったと受け止められるとは想定外にもほどがある。

「陛下――皇帝陛下は、陛下とのお話を大変楽しんでおられました。お気づきではありませんでしたか？」

子供っぽいところも多々あるグレゴールだが、王としての教育はそれなりにおさめている。

まだ若者らしい青さが残る発言にしても、皇帝からすれば、子供の成長を見守っているように微笑ましく思えたのだろう。

皇帝からも積極的に話題を増やしてくれて、昼食会が成功に終わったのには、皇帝のそんな気遣いもあるのだ。

「はん、そのくらい気づいていたさ！　お前がしゃしゃり出なかったら、もっと話は弾んだんだ。余計なことをするな」

先ほどは会話をすべて主導していたと言っていたのに。

グレゴールの言い分にはうなずけない点が多々あるけれど、オリヴィアはおとなしく頭を垂れた。

「余計なことをして申し訳ございませんでした、陛下。失礼して、夜会のために身なりを改めさせていただきます」

少しでも、グレゴールの役に立とうと思っただけなのに――どうしよう、心が折れてしまいそうだ。

グレゴールは、最初からオリヴィアを受け入れるつもりはなかったし、どうやらここ数か月の間にその意志はますます強くなっていたようだ。

「あのヴェロニカとかいう女のことですが」

着替えのために戻った時には、エリサはもうヴェロニカに関する情報を集め終わっていた。

ヴェロニカは、「先生」と呼ばれていたようにグレゴールの家庭教師なのだそうだ。なにを教えているのか、オリヴィアは怪しいと思ったのだが、マナーを教えている人間らしい。

「あれで？」

「はい、あれで、です」

思わず呆れた声になってしまっても、今回ばかりは許されるはず。

王妃を無視し、王にまとわりつくのが立派なマナーだなんて、どこの国の話なのだ。少なくともオリヴィアの育った世界には、そんなマナーは存在しない。

「あの男は、彼女に完璧に骨抜きにされているそうで、家臣達の言うことにも耳を貸さないようです」

「エリサ、一応陛下と言った方がいいわ」

エリサは不満そうではあるけれど、グレゴールが国王であることまでは否定できない。この部屋の周囲には、誰もいないはずだが用心はしておかねば。

「ダンメルス侯爵は、どう対応しているのかしら？」

「政治の面では、侯爵が中心となって上手にあの男を転がしているようです」

「あの男じゃなくて陛下、よ？」

「それと、侯爵は、あの女をあの……じゃなかった、陛下から引き離そうとしているようですね。今のところ失敗続きのようですが」

「まさか、王妃になろうとしているわけではないわよね？」

オリヴィアを嫌っているグレゴールを籠絡《ろうらく》すれば、自分が王妃になれるとでも思っているのだろうか。そんな愚かな考えをする人間がいるとは思いたくないけれど。

「まあ……そのようなことも考えているようですね」

エリサは死んだ魚のような目になった。信じたくないのだろう。オリヴィアとしても信じたくない。室内がしんと静まり返る。

「――もしかしたら、陛下にとって初恋なのかもしれないわね」

たっぷり五分は続いたであろう沈黙を最初に破ったのは、オリヴィアであった。

グレゴールにとって、初恋だったとしたらおぼれてもわからなくはないのだ。

オリヴィアだって、ルークを忘れよう、気持ちは母国に置いてこようとしていたくせに、今だって時々彼のことが思い浮かぶのだから。

初恋がどれだけ輝いて感じられるものなのかオリヴィアにだってわかるが、物事には限度というものがある。グレゴールとオリヴィアの立場を考えればなおさら。

「とりあえず、ダンメルス侯爵と話をしましょう。彼がどう考えているのかも知りたいしね」

「かしこまりました」

グレゴールとの面会を求めるなとは言われているが、ダンメルス侯爵と話をするなとは言われていない。

すぐにマリカを使いに出し、ダンメルス侯爵と面会の手はずを整えた。今夜の会は、無難に乗り切ることにしよう。

翌日。

やってきた侯爵は、疲れきっている様子だった。グレゴールが国王として即位したとはいえ、まだ若い王だ。彼を支える侯爵に重圧が降りかかるのもわからなくはない。

昨日の夜会は、オリヴィアが下手に出ることでなんとか乗りきった。だが、その裏でも侯爵はバタバタと動き回っていた様子だ。

椅子を勧めるも、座る間も惜しいと言わんばかりに彼は座ろうとはしなかった。

「時間がないのです……！　王妃陛下」

「わかっています。あのヴェロニカという女性、皇帝陛下が滞在している間だけでも外に出さないようにはできませんか？」

「そうしようとしているのですが」

グレゴールは、彼女に恋をしているというだけではなく、熱烈に愛し合っていると主張しているらしい。それこそ、お飾りの王妃であるオリヴィアなんてどうでもよく。

「うーん」

オリヴィアも考え込んでしまった。どうにかして、ふたりを引き離さなければならないのだが。

「とりあえず殺っておきます？」

「マリカ、侯爵の前よ。くだらない冗談はやめておきなさい」

マリカは冗談ではなく完璧に本気なのだが、侯爵にそれを悟られるわけにはいかない。こそり、とエリサが顔を上げた。

「あの、よろしいでしょうか？」

「思いついたことがあるのなら言って」

「ヴェロニカは、本気であの……ええと陛下が好きなわけじゃないと思うんですよ。だって、頼りな――」

「エリサ！」

あの男と言いかけ、さらに暴言を追加しかけたエリサの口を慌ててマリカが封じた。

その様子に、侯爵は苦笑する。

「言いたいことはわからなくもない。陛下はまだ成長途中だ。あの年齢の女性ならば、陛下に本気の恋をするなんてありえない」

「ええ。ですから、彼女の側に見目麗しい男性を多数配置するんです。彼らにお守りをさせておけばいいんですよ。陛下にはそうですね――こう言うのはどうですか？」

人差し指を立てて、声を潜めたエリサはにやりとした。

「皇帝がヴェロニカの美しさに気づいてしまったら大変だ。皇帝の目につかないように、大切に隠しておいた方がいい。しばらくの間我慢するのと、永遠に会えなくなるのどちらがいいかってね」

「……なるほど」

「陛下と会っていない間に、見目麗しい男性に囲まれていたら、彼女みたいな女性はどうなるでしょうね？　きっと、陛下のことなんてどうでもよくなりますよ。たとえば、陛下のお金を盗んでその男に貢《みつ》いだりしたら」

「エリサ、あなたって……」

ウェーゼルク辺境伯家の闇を見たような気がした。たしかに、エリサは暗部の所属であり、こういったことも今まで何度も行ってきたのだろう。オリヴィアには思いもつかない方法だった。

自分がどれだけ守られてきたのか、嫌でも痛感させられる。

（私……なにも知らなかったわね）

魔獣を相手にし、闇にもある程度通じていると思っていたのに。それは、思い上がりにしかすぎなかったようだ。

「……よく思いつくな」

「ロマンス小説の悪女にそういう女は多いですよ？　自分の周囲に見目麗しい男を侍《はべ》らせて言うこときかせていい気になるんです」

けろりとしてエリサは言い放った。

エリサがロマンス小説の読者だとは知らなかった。

いや、ダンメルス侯爵には見えないようにこちらににやりとしているところを見ると、ロマンス小説の愛読者ではなさそうだ。間諜としての実体験というところか。

「恋人が他の男に色目を使っているところを見れば、陛下の気も変わるかもしれん。やるだけやってみよう」

「……私が、陛下のお心を掴んでいればよかったのでしょうけれど」

不意に漏れる弱音。もし、オリヴィアとグレゴールの間に、信頼関係を築くだけのかかわりがあったなら。

だが、グレゴールは、最初からオリヴィアを敵視していた。向かい合うことも、顔を見ることもなく。

人前に出る時だけ仲睦まじく装っていても、見る人にはわかってしまう。いつまでも、この状況が続くとも思えない。

「王妃陛下には、ご迷惑をおかけいたします。どうか、陛下を長い目で見て差し上げてください」

「侯爵……私も、陛下と同じ年なのだけれど?」

「あの方は……まだ、ご自分の立場を理解しておいでではないですから」

「そこは、侯爵に期待させていただくわね」

ダンメルス侯爵は、グレゴールを立てようとする一派の中心だ。シェルトを立てようとする一派を崩し、自分の陣営に引き込んだ手腕には頭が下がる。

「長い目で見守るのにも限界というものがあるのよね」

侯爵は、これでいいと思っているのだろうか。グレゴールときちんと向き合うには、まだまだ時間がかかりそうだった。

翌日の夜。オリヴィアはバルコニーへと出た。たしかに、王妃としての役は果たすことができたけれど、これで本当によかったのだろうか。

今日は、朝からこの国を見て回りたいという皇帝に付き添い、オリヴィアも一日外を歩き回っていた。

（……疲れた）

体力がある方だと自分のことを認識していたけれど、今の疲れは違うところから来ている。

ダンメルス侯爵により、皇帝の目の届かないところにヴェロニカは隠されることになったのだが、グレゴールは不満だったらしい。今日は一日不機嫌だった。

（たぶん、アードラム皇帝はあの人には興味を示さないだろうけれど）

たしかにヴェロニカは美しい。女性としての魅力も十分以上に持っている。彼女に心を奪われる男性も多いだろうけれど、彼女は危険だ。

皇帝は彼女の目的がどこにあるのかを的確に見抜いているから、彼女が媚《こび》を売ってきたところで興味を示すことはないだろう。

けれど、グレゴールは違う。あっという間にヴェロニカに捕らえられてしまって、彼女から逃げようともしない。

(陛下との仲を良好なものにしようって無理難題すぎるわ)

そもそも最初から嫌われていたのだ。ここからどう巻き返したものか。

もう一度、息をついた時だった。

「……あら?」

オリヴィアから少し離れたところに、鳥がとまっている。窓から漏れる光で見る限りは、銀色に見えるような色合いの鳩《はと》だ。

赤い瞳が愛らしく、オリヴィアと目が合うと「ポポッ」と小さく鳴いた。

「こんな時間に、どうしたの?」

夜目が利かないわけではないだろうが、好んで夜間に飛ぶ鳥ではない。よく見れば、足になにかついている。

「ポポッ」

また小さな声をあげたので、オリヴィアは手を差し伸べた。すっとオリヴィアの手にとまった鳩の足には、小さな筒が取り付けられている。

（……誰かの使い魔なのかしら。でも、危険だわ）

使い魔と契約する使役魔術の使い手はさほど多くない。兄のエーリッヒとは別の手段で連絡を取れるようにしてあるから、兄が鳩を送ってくるはずもない。

では、誰が、オリヴィアと直接連絡を取ろうとしているのだろうか。

疑問を覚えながらも筒を取り外し、中身を開いてみる。

「嘘でしょう？　こんなことって……」

それは、ルークからの手紙だった。この鳩は、彼の使い魔らしい。

そこにあったのは、以前と変わらないルークの優しい言葉だった。オリヴィアを気遣い、不自由はないかとたずねている。さらに、オリヴィアの手助けをするという言葉も。

（……ルークが、使役魔術を身に付けているなんて、考えたこともなかった）

使役魔術は、身に付ければ非常に有益な魔術である。

だが、そもそも素養があるか否かで習得にかかる時間がかなり変わってくる。よほどの才能を持っている者でも、数年はかかるのが普通だという話で、ルークのように前線に立つ立場なら他の魔術を優先する方が多い。

エーリッヒが使役魔術を学んだのは、半分は趣味である。学ぶべきことを学んでからならば、父も文句は言えなかった。

肩に鳩を乗せたまま部屋に戻る。寝支度を調えていたマリカが、目を丸くした。

「オリヴィア様、その鳩は?」

「ルークの使い魔ですって。手紙を届けてくれたの」

「ルーク様が、どうなさったのですか?」

「いえ……なにか、つらいことはないかって。ルークの手が必要なら、私を助けてくれるって」

困る。

封じたはずだったのに。ルークへの気持ちは、封じ込めたはずだったのに。

一通の手紙が、こんなにもオリヴィアを弱くしてしまう。滲んだ涙を、指の背でそっと拭った。

「ありがとう、ルーク。でも、私は大丈夫。いえ、大丈夫でなければならないの」

その様子を侍女ふたりが痛ましそうな目で見ているから、いたたまれなくなる。ごまかすみたいに、鳩の方に向き直った。

「あなたは、今夜はここに泊まるのかしら。それとも、すぐにルークのところに戻るの?」

「クルル?」

首を傾げている鳩は、「私に用はないですか?」と言っているみたいだ。

(……本当のことは書けないわね)

きっと、今オリヴィアが置かれている状況を知れば、ルークはまた駆けつけてくるだろう。

それは、ルークを破滅の道に引きずり込むことにしかならないから。

「鳩は、なにを食べるのかしら？」

「パンでも穀物でもなんでも食べます」

エリサは一時使役魔術を身に付けようとしていたことがあったので、動物の生態には詳しい。

「だったら、私達の食事からパンを少しあげましょうか。ルークに返事を書くわ。明日まで休んだら返事を届けてね」

鳩の背に、そっと指を滑らせる。小さな身体、ふわふわとした羽の感触。

『まだ、グレゴールとは親しくできていない。でも、私は元気だから安心してほしい』

という意味のことを、手紙に書く。それと、二度と手紙はよこさないでほしいということも。

（……未練がましいのはだめ）

ゆっくりとひと晩休んだ鳩は、手紙の筒を足につけ、夜明けの空に姿を消した。

＊　＊　＊

鳩がルークの部屋の窓から飛び込んできた。

「よしよし、疲れたな……少し休め」

手紙を足から外し、頭を撫でてやる。鳴き声をあげた鳩は、部屋の隅に用意されている鳥籠の中に自ら入っていった。ルークは籠の隙間から手を入れて、鳩の頭を撫でてやる。

(少し、痩せていたな……)

いくらなんでも腕を上げるのが速すぎる。おかしい、とエーリッヒに言われながらも、使い魔と感覚の共有をするところまでたどり着いた。

久しぶりに見たオリヴィアは、少しやつれているようにも見えた。侍女達以外味方のいない王宮で、彼女はどれだけ苦労しているのだろう。

(ヴェロニカとか言ったか)

ストラナ王国に赴いた家臣達から、あの国の実情は聞いている。派手な女性を側に置き、オリヴィアには見向きもしないのだそうだ。

自分がどれだけ素晴らしい女性を迎えたのか、グレゴールはまったく気づいていない。

「殿下、お目覚めですか?」

「……ああ」

侍従がルークを呼びに来る。

ルークは今起きたばかりという態度を装って、侍従を中に招き入れた。

朝の身支度を調えながら、懸命に頭を巡らせる。

(……来年の魔獣討伐が楽になるよう、考えた作戦は父上に提出済みだ。他に俺にできることは——)

なんとしても、手柄を上げなくては。

オリヴィアを取り戻すためには、今のままでは足りないものが多すぎる。

「東北の海賊討伐は苦戦していたな？」

「さようでございます」

「父上がお帰りになる前に、俺が討伐に行こうと思う」

魔獣だけではない。海賊に苦しめられている人も多い。

まずは海賊に苦しめられている民の手助けをし、耳を傾け——その間に、魔術の訓練もしなくては。使い魔との絆《きずな》はもっと強くしておきたい。

「殿下、いいお顔をなさっておいでですね」

「いい顔？」

洗顔をすませたあとの顔を拭くためのタオルを差し出しながら、侍従がそう口にした。今のルークは、いい顔をしているのだろうか。

「……そうだな、そうかもしれない」

いい顔かどうかは自分ではわからないけれど、身体中に力が満ちているような気がする。オリヴィアを取り戻すための力だ。

（オリヴィアの顔が見たい）

使い魔と意識を同調させることができるといっても、鳩の視界を通すのと、自分の目で見るのとは違う。

困ったような笑みを浮かべるオリヴィアを抱きしめてやりたいと願っても、鳩の翼は抱きしめるには短すぎる。

＊　＊　＊

皇帝が帰国すると、ストラナ王宮はひとまず落ち着きを取り戻した。もっとも例外はある。グレゴールとヴェロニカが暮らしている一画だ。

今日はグレゴールに同伴させられる夜会がある予定なので、支度の前に少し散歩をしようかとオリヴィアが庭園に出てきたところで事件は起こった。

「……あら？」

目の前をヴェロニカが歩いている。というか、護衛騎士と歩いている。

（ずいぶん見目麗しい護衛ね）

遠目に見ても、護衛の顔立ちが整っているのはわかる。

「エリサ、あなた散歩場所の選定を間違えたのではない？」

今日は、こちらに散歩に行こうと言い出したのはエリサだ。だが、ヴェロニカと鉢合わせするのでは意味がないではないか。

「いえ、そんなことはございませんよ？　ああ、ちょっとこちらにそれましょう」

「ちょっと、エリサ！」

まだ、彼らはこちらには気づいていないようだ。

エリサに目立たない場所に押し込まれる。そうしながら彼らの様子をうかがっていたら、ヴェロニカは騎士の腕に絡みつき、なにやら声をかけている。

声をかけられた方はまんざらでもない様子でヴェロニカに返していたが、問題は彼のもう片方の腕だ。

こちらに向けられているのはヴェロニカの背中。その背中を彼の手が這い回っている――それは、どう見ても護衛が護衛対象にするものではなかった。

「……どういうこと？」

「あの男、愛人です」

王の愛人であるヴェロニカの愛人があの騎士ということか。まだ十五の王が治めているからといって、王宮内、乱れすぎではないか。

「あんなもの見ていても楽しくないわ。場所を変えましょう」

「あと二分、あと二分だけお願いします！」

エリサがオリヴィアを拝み始めた。あと二分って他人のいちゃいちゃを見ていて楽しいのだろうか。

かまっていられない、と立ち去ろうとした時。

「ヴェロニカ！　なにをしている！」

グレゴールの怒声が響いた。慌てた様子でヴェロニカは騎士から身を離すがもう遅い。

「お、俺というものがありながら！　その者と口づけをしているとはどういう了見だ！」

「陛下、それは陛下の見間違い――彼は、私の目に入ったごみを取ってくれようと」

「俺がだまされると思っているのか？　報告は受けている――お前とはこれで終わりだ！」

陛下、と呼びかけるヴェロニカを無視し、グレゴールは足音も荒く歩き去った。慌ててヴェロニカもあとを追い、一瞬戸惑った護衛が続く。

「どういうこと？」

「大変でしたー。あの男をこの場に導くのは」

エリサはえへんと胸を張った。

「あれ、あなたの仕業だったの？」

「ええ、あの女が護衛といちゃついてるって話は聞いていましたからね」

いなくなっても問題がない、素行の悪い騎士ばかりヴェロニカの護衛につかせたとダンメルス侯爵は言っていた。

エリサは、ヴェロニカと護衛が恋愛関係にあるとグレゴールに密告したそうだ。もちろん、密告してきたのがエリサとはわからない形で。

そして、今日、この場でふたりが逢引《あいびき》するということもグレゴールに教えてやったそうだ。

（侯爵の作戦勝ちかもね）

素行の悪い騎士でなければ、王の愛人に手を出そうとは思わない。見目麗しい男性というだけではなく、素行の悪い騎士をあてがうあたり、やはりやり手だ。

「あの女がいなくなれば、オリヴィア様に対する態度も変わるかもしれませんからね」

「それはどうかしら」

オリヴィアは苦笑した。

グレゴールは、オリヴィアに対して悪印象しか持っていない。それを巻き返すのは、きっと難しい——やるしかないとわかっているけれど。

「散歩はこのあたりにして、支度に戻りましょうか」

グレゴールがヴェロニカの裏切りを知る現場を見られたのはよかったかもしれない。少なくとも、心の準備はできる。

夜会のために用意したのは、鮮やかな朱色のドレス。

幾重にもフリルを重ねた華やかなスカート。身に着ける品は最高級のものばかり——だが、顔を合わせても、グレゴールの目がオリヴィアに向けられることはなかった。

（……ああ、機嫌が悪いわね）

ヴェロニカの裏切りを知ったグレゴールは、今日はいつも以上に機嫌が悪いようだ。

連れだって会場に入るなり、最低限の義務は果たしたと言わんばかりにグレゴールはオリヴィアから身を離した。

「ここまで連れてきてやったんだから、十分だろう。俺はもう行くぞ」

「……陛下、あの」

「なんだ？」

「私に……できることがありましたら、お声がけください」

ヴェロニカがいなくなったからと言って、すぐにグレゴールがオリヴィアを見るようにはならないだろう。

オリヴィアの存在だけ意識しておいてもらえれば——今は、余計なことをしない方がいい。

グレゴールは、重鎮達のところに行ってしまい、オリヴィアはひとり別のグループへと向かう。歩みを進めるオリヴィアの耳に、聞きたくない言葉が飛び込んでくる。

「あの方、離宮でお暮らしなのでしょう？」

「どうしても王妃になりたいからって、強引に結婚に持ち込んだらしいわ」

「図々しいわね。他国からこの国に来たくせに」

ひそひそとささやき合う声。

いや、彼女達にはささやいているという意識はないのだろう。オリヴィアの耳にわざと入れようとしている。

「それにしたって、あの宝石はすごいな」

「王妃の予算は、すべて使い果たしているらしいぞ」

と、今度はオリヴィアが身に着けている宝石の値踏みを始める。

王妃の予算の半分は侍女長への賄賂である。残り半分については、オリヴィアの手元に残したまま。使いきってはいない。

（そもそも、実家から持参した品なのだけれど）

母は、オリヴィアにたくさんの宝石を譲ってくれた。

イリアーヌ王国の王女だった母の持ち物だ。なかなかお目にかかれないような素晴らしい品が多数含まれているのは当然だ。

「王妃様、一曲お相手を願えませんか？」

「ご親切な方、よろしくてよ」

グレゴールには見向きもされないけれど、オリヴィアは背筋を丸めたりしない。

こちらにダンスを申し込んできた青年の目論見《もくろみ》がどこにあるのかわかっていながら笑顔で受け入れる。

青年のダンスはなかなか巧みで、こちらに来てからはダンスの機会もほとんどないオリヴィアにとっては思いがけず楽しい時間となった。

それが、相手を増長させたのだろう。休憩に向かった先で事件は起きた。

「陛下に相手をされないのでは寂しいでしょう。どうです？」

「……それは、図々しいのではなくて？　相手が王妃だと知って、あなたはそれを口にしているのかしら」

なんと彼は、王妃であるオリヴィアを口説きにかかってきたのである。彼とダンスをしている間は楽しかったから、オリヴィアも微笑みを浮かべていた。

それが相手を誤解させたのだとしても、王妃、つまり人妻に言い寄るだなんて論外だ。たとえ、形だけの王妃だったとしても。

断ると、相手は顔をゆがませた。

「――相手にされていないくせに」

「あなたは、わかっていないようね。なぜ、私がここにいるのか――ああ、そうそう。ウェーゼルク辺境伯家は、魔術の才にも恵まれているって、あなたご存じ？」

すっと青年からの距離を大きく開け、立てた人差し指の上に炎を生み出す。オリヴィアの笑みに合わせるみたいに、炎が大きくなった。

「いや、し、知らなかった……」

「覚えておいて。私がこの国にいるのは、私がそうする必要があると判断したからよ。陛下を裏切るつもりはないわ」

炎をまとわせたままの指を脅える男に向ける。それからすっと室内に続く出入口の方を指さした。

「先にお帰りなさい。私は、もう少しここで風にあたっていくから」

にっこり。

オリヴィアが満面の笑みを浮かべると、青年は慌てた様子で中に転がり込んでいった。

（……だから、夜会に出るのは面倒なのよね）

こちらをあざける女性達はまだいい。そんなもの、聞き流せばすむことだから。

問題は、権力を持っている男の方である。今の青年も有力侯爵家の子息だったはずだ。

（ダンメルス侯爵に、話をしておきましょうね）

青年がどんな咎めを受けるのかは知らないけれど、それはオリヴィアの知ったことではない。

口説いても問題ないと思わせてしまった点についてだけは反省しておこう。


「あら、また来たの？」

「クル？」

気の重い夜会から部屋に戻ってくれば、ルークの使い魔である鳩が待っていた。

（ルークの気持ちは嬉しいのだけれど……）

今日、あんなことがあったからだろうか。ルークが側にいるような気がして、縋《すが》りたくなってしまう。

足につけられた筒から手紙を取り出してみれば、託されていたのは小さな紙切れ一枚だった。

「……ルークってば」

そこに記されていたのは「俺は頑張っている」の一言だけ。オリヴィアの言葉に返事をしたかのように「クルルッ」と鳴いた鳩が頸《くび》を傾げた。

「返事はできないのよ……わかってる？」

またもや、鳩は首を傾げる。赤い目が、暗い中でも輝いていた。

「でも、すぐにお帰りってわけにはいかないわね。今夜は、私の部屋でおやすみなさい。明日、ご飯を食べてから出発するといいわ」

ルークは、あの約束を果たそうとしているのだろう。オリヴィアを取り戻すだけの力をつけるという約束を。

「無理はしないでって言えればいいのに……」

つい、独り言が零れた。

本当は、こうやってルークの手紙を受け取るのもよくない。

――でも。

隣国の皇帝をもてなしている最中だというのに、愛人を堂々と侍らせているグレゴールには頭を抱えてしまった。

今日見かけてしまったヴェロニカに対する対応も。

（ダンメルス侯爵は、ふたりとも追放ですませるとは言っていたけれど）

夜会の前に慌ただしくダンメルス侯爵と話をした。ヴェロニカも相手の騎士も王宮からの追放ですませるそうだ。さすがに、死刑となるのは気が重いし、適切な罰だろう。

「この国は、私の手には余るわ……覚悟してきたつもりだったけれど、甘かったかしら」

「ポポッ」

「そうね。誠意を尽くせばわかってくれる……そう思いたいけれど」

国を離れるまで、オリヴィアは大切に守られすぎていたのかもしれない。

最初から明確に拒絶の姿勢を見せる相手にどう対応したものか悩ましい。

鳩は甘えるようにオリヴィアの手の下に身体を潜り込ませてくる。柔らかくて温かな感触。

「もう少し、あがいてみるわ」

ルークへの返事を持たせることはできないけれど。きっと、ルークはこれからもこうやって鳩を飛ばすのだろう。そんな気がした。

＊　＊　＊

オリヴィアの表情が変わった。そう思ったのは、ルークの気のせいではないはずだ。

エーリッヒに死ぬぞと呆れられつつも、使い魔との同調ができるようになって本当によかった。

ただ、使い魔に手紙を運ばせるだけだったら、オリヴィアの成長を見守ることはできなかっただろうから。

最後に直接顔を合わせてから二年が過ぎていた。

まだ、線の細さを残した少女から、ひとりの大人の女性へと変わってゆくオリヴィア。その姿を、一番近くで見守ることができなかったのは残念だが、使い魔と意識を同調させることができるようになって、いくぶんルークの意識も変わってきた。

「あなたの名前も、知らないままだわね」

「クルルッ」

とできるだけ愛らしく鳴いて、オリヴィアの手に頬を擦り寄せる。

今は鳩に意識を同調させているから当然なのだが、オリヴィアの手はルークの記憶にあるものよりずっと大きかった。

「ごめんね。ルークに手紙を書くことはできないのよ」

「ポポッ？」

「嫁いだ時からずっと覚悟を決めてきたつもりだったの。ルークのことは忘れるって決めてた――それなのに」

オリヴィアの肩が、小さく揺れる。ルークはオリヴィアの口調が切ないのに驚いた。

今までも、『鳩』を相手にオリヴィアが自分の心情を吐露したことはあったけれど、彼女の口から零れる『ルーク』の名が、こんなにも甘く切なく響いたことはあっただろうか。

「本当なら、あなたの出入りだって禁じないといけないんだわ。でも、できそうにないわね」

ルークとの唯一の接点。それが失われたらと思うと怖い。そう続ける彼女。今まで見せないようにしてきたオリヴィアの弱さが、次から次へと零れ落ちる。

つん、とオリヴィアは鳩の頬をつつく。ルークは、逆にオリヴィアの手を嘴《くちばし》でつついた。

「あら、私の手は餌ではないわ。お腹が空いているのかしら？　空いているわよね？　あなたが空を飛んだら、どのくらいの時間で帝国に着くのかしら」

ルークは、伯爵家をもう出ただろうか。素敵な女性と出会ってはいないだろうか。

次から次へとオリヴィアの口からは、ルークを想う言葉が溢れて出てくる。

（なんで、今日になってこんな饒舌《じょうぜつ》な……！）

鳩の姿でいるのを、これほど幸いだと思ったことはなかった。もし、本来の自分の姿で聞いていたなら、きっと今頃真っ赤になっているだろう。

オリヴィアの口から、素直な言葉が出るのはそれほどに珍しかった。

この国に来てからずっと、自分で自分の心を縛り付けていたのだろう。そのオリヴィアの努力を、グレゴールは踏みつけにし続けてきたわけだ。

（……つぶすか）

愛しいオリヴィアのために、この国をつぶしてしまおうか。

ここ数年の間、ルークだって、手をこまねいていたわけではない。海賊討伐に始まり、治水工事、新しい鉱山の開発と身を粉にして働いてきた。

押し寄せる縁談だけは断り続けてきたけれど、ルークのその努力を家族も認めてくれた。

（……オリヴィアを帝国に連れて帰っても問題はない）

その下準備は出来上がっているが、今の状況で、オリヴィアがあの国を離れる決意をするとは思えない。彼女はそういう人だ。

（……さて、どうするか）

うっとりとオリヴィアの手の中で羽を休めながら考える。

ルークの手を借りなくとも、自分でしっかり道を切り開くであろうオリヴィアを、どうやったら支えることができるのだろう。

第五章　さあ、反撃を始めましょう

そろそろ、限界ではないだろうか。嫁いでから三年が過ぎた。

オリヴィアは十八――だが、グレゴールとの関係は、三年前から一歩も進んでいない。

（いえ、後退していると言った方がいいかもしれないわね）

ヴェロニカと別れたあとも、グレゴールはまったく変わらなかった。彼の隣には常に違う女性が寄り添っている。

彼女達は、「愛されていないオリヴィア」を馬鹿にしたような目を向けてくるのだが、この国を支えているのが誰なのか、想像すらしていないようだ。

この三年の間、オリヴィアは陰で国を支えてきた。ダンメルス侯爵と連絡を取り合い、グレゴールに代わって政務に取り組んできた。

その間も、グレゴールは愛人達と遊び回っていて、政務には見向きもしない。

（今の愛人で六人目、だったかしら）

どうやらグレゴールは年上の女性が好みのようだ。最初の恋人だったヴェロニカが十近く年上だったというのもあってか、彼が選ぶのは常に年上の女性だった。

となれば、彼と同年代のオリヴィアは、彼にとっては子供っぽいのかもしれない。年齢の割には落ち着いていると言われているのだが。

（いえ、落ち着かざるをえなかった、が正解よね……）

グレゴールが働かない分は、すべて家臣達とオリヴィアの肩にかかっている。お飾りの王妃とあざけられている割に、オリヴィアに回される仕事はあまりにも多い。

（ええと、関税については明日の会議で侯爵が話をまとめてくれるはず）

この国を支えているのはオリヴィアなのだが、外に出ることを許されていない。会議など外部との連携が必要な仕事はダンメルス侯爵に任せることになっている。

「ダンメルス侯爵がいらっしゃいました」

「王妃陛下は、今日もご機嫌麗しく」

隠す気のない殺気を放ちながら、マリカが訪問者を告げる。ダンメルス侯爵は、この三年で、ずいぶん老けてしまったようだった。

「たいして麗しくもないわね。こちらの書類、目を通したし、私の方で署名できるものはしておいたわ。それと、こちらは陛下に確認してもらって。署名するだけで問題ないとは思うけれど、その前にあなたも一度目を通した方がいいかも」

「承知いたしました」

侍女長がそっと入ってきて、オリヴィアの机に新たな書類を積み上げる。呻《うめ》きたくなるのを、意志の力で押さえつけた。

「新しい愛人はお元気ですか？」

と、侯爵にお茶を出しながらマリカ。

三年の間に、彼はすっかりマリカにとっては適当にあしらっていい相手に転落してしまった。それでもお茶を出してやるだけましかもしれない。

「元気にしております……こんなことになってしまい、大変申し訳なく……」

温かいお茶のカップを手に、ダンメルス侯爵はうなだれた。

彼には同情するけれど、オリヴィアが彼と一緒に泥船に乗らねばならないいわれはないはずだ。

「ねえ、侯爵。私、そろそろ離婚してもいいのではないかと思うの」

オリヴィアの言葉に、侯爵はお茶のカップを取り落としそうになった。

「離婚、ですか？」

「ええ。だって、私、いまだに一度も陛下と夜を過ごしていないのよ？　結婚して二年身籠もらなければ、王族の婚姻においては、離婚を申し出ても問題ないわよね」

身籠もるもなにも、グレゴールとは会話もほとんどない状況だ。それで身籠もっていたらびっくりだ。

「……ですが」

「二年で離婚を申し出ずに、三年待ったわ。でも、陛下は私には見向きもしない。だったら、陛下を解放して差し上げてはどうかしら。そろそろ実家にも帰りたいし」

エーリッヒは、帝国の貴族令嬢を妻に迎えたそうだ。

オリヴィアは、兄嫁に挨拶をすることすらできなかった。この離宮に、閉じ込められていたから――いや、閉じ込められてはおらず、自由に出入りはしているが、さすがに実家まで出かけるのは無理だった。

「……さようでございますか。この三年、陛下には何度もお話をさせていただいたのですが、わかっていただけなかったようです」

この三年、彼がどれだけ苦労してきたかオリヴィアは知っている。

グレゴールとオリヴィアのために茶会を開き、仲を取り持とうという努力もしてくれた。グレゴールはそれが気に入らなかったらしく、後日侯爵はたいそう叱られたらしい。

ヴェロニカのように愛人がグレゴールを思い通りに操ろうとした場合には、すぐに手を切らせることもしてくれた。

この国がぎりぎりのところで持ちこたえているのは、侯爵の手腕によるところが大きい。

「私も、ひとりの人間なの。私のために生きてもいいのではないかと思うのよ」

三年間、オリヴィアも努力を続けてきた。

グレゴールの機嫌がいい時をうかがいながら、彼の好みに近くなるような服装を心がけてみたり、彼に差し入れをしてみたり。

だが、グレゴールはオリヴィアには見向きもしなかった。

ダンメルス侯爵が開いてくれたふたりきりの茶会に、愛人を連れて現れたこともあるほどだ。

覚悟を決めて、この国に嫁いだのに、その覚悟を鼻で笑ったのもまたこの国だ。三年努力して受け入れられなかったのだから、次の道に進んでも許されるはずだ。

「王妃陛下……どうなさるおつもりですか」

「あら、それはこれから考えるのよ。だって、今この国を放り出したらつぶれてしまうでしょう？」

グレゴールが、オリヴィアに対する態度を改めたところで、オリヴィアが彼に気持ちを寄せることはもうありえない。

けれど、三年。ここまで三年我慢した。このままこの国を放り出すのではオリヴィアの気が引ける——いや、そう考えるのはオリヴィアの意地なのかもしれない。

でも、一度この国の王妃となったのなら、民を見捨てていくことなんてできなかった。

「侯爵も、ずいぶん苦労なさったのでしょう？　あともう少しだけ頑張りましょうよ」

「……私のせいで、王妃陛下には余計な苦労をさせてしまいました」

膝の上に置かれた侯爵の手が震えている。

「そんなの。この国に嫁いできた時から、多少の苦労は想定していたわ。ちょっと甘かったみたいだけど」

くすり、と笑う。

想像していたのとはまったく違う結婚生活だった。何度もくじけそうになった。いや、今だってくじけそうになっている。

「でもね、侯爵。私はただで帰るつもりはないの」

そう言ったら、ダンメルス侯爵は飛び上がった。そこまでひどいことをするつもりはなかったのだが。

「侯爵、せめて、この国が正常に運営できるようにあがいてみましょうよ。あなただって、国を滅ぼしたいわけではないでしょうに」

「……王妃陛下」

侯爵は、椅子から滑り降りた。オリヴィアの前に膝をつき、頭を垂れる。それは、主《あるじ》に忠誠を誓う仕草。

「だめよ、侯爵。あなたが忠誠を誓うべきなのは、私ではないわ」

「ですが――ですが」

「お互い、気持ちよくお別れできるようにしましょう。私は、この国を去るわ。ただし、この国がきちんと機能するようになるのを見届けてからね」

この国を離れるのなら、離れても問題ないようにしておかなければ。この国に王妃として嫁いだのだから。

ダンメルス侯爵は、話を終えると出ていく。それを見計らっていたかのように、こつんと窓が鳴った。

窓を開くと、入ってきたのはルークの鳩だった。ひと月に一度の割合で、ルークの鳩はこの部屋を訪れる。

鳩の名がなんなのか、今まで一度も聞いたことはない。ルークの手紙に返事をしたのも一度だけ。

「まあ、あなたはタイミングよく現れるのね。私ね、この国を出ることにしたわ」

「クルルッ」

どうも、この鳩には言葉が通じているのではないかと思う。いつだって、タイミングよく返事をしてくれるのだから。

「どこから始めましょうか？」

「どこからかしらね。まだ決めかねているの」

マリカの問いには、小さな笑みを向けて返す。

これからを考えるのは、自由を取り戻してからだ。

望んでこの状況にいるわけではないとはいえ、オリヴィアはまだグレゴールの妻である。

——けれど。

自由になったその時には、ルークに会いに行くのもいいかもしれない。

「ねえ、外に行かない？」

侍女長は完全にこちらの手の内。自由に外に出かけていくこともできる。オリヴィアの誘いに、マリカは目を瞬かせた。

「外、ですか？」

「ええ。少し、おいしいものでも食べようかと思って」

「いいですね！」

ダンメルス侯爵との話で、正直なところ少し疲れた。特に予定もないし、外に出かけるのもいいかもしれない。

いつものようにお忍びの服に着替え、侍女ふたりを連れて城下町に出る。この国は、オリヴィアが嫁いだ頃より衰退しているように見えた。

でも、一般の民は逞《たくま》しい。手に入る限りの材料で商品を作り、屋台で売っている。

「ソーセージパンを食べましょうよ、それから揚げ菓子！」

ソーセージパンは、最初に離宮を脱走した時食べた思い出の味だ。今でも、オリヴィアのお気に入りである。

それから小麦粉を練った生地を揚げ、粉砂糖をまぶした揚げ菓子。王宮ではまず出てこない素朴な菓子だ。

「いいですね、じゃあ、先にパンと飲み物を三人分買ってきます。お嬢様は、場所を取っておいてください」

エリサが屋台に走り、護衛に残ったマリカとオリヴィアは広場端のベンチに三人分の席を確保する。

「クルルッ」

「あら……ついてきちゃったの？」

部屋に残してきたはずのルークの鳩が、オリヴィアの膝に舞い降りた。籠に閉じ込めていたわけではないから、脱走してきても不思議ではないのだが……。

「まるでついてきたみたいですね。お嬢様のことがそんなに好きなのかしら」

「ポポッ」

首を傾げている様子は、マリカの言葉に対して『どうでしょう？』と返しているみたいだ。目をくりくりとさせている様が愛らしくて、オリヴィアはくすくすと笑う。

侯爵との話し合いで憂鬱になった気持ちが、あっという間に吹き飛んでいくような気がした。

「お待たせしました！」

屋台でパンと飲み物を買ったエリサが戻ってくる。エリサは、オリヴィアの膝の上にいる鳩を見て目を細めた。

「あー、ついてきちゃったのか。お嬢様の膝を汚すといけないから、こっちにおいで」

手を差し伸べるけれど、鳩はオリヴィアの膝の上でエリサにお尻を向けるように向きを変えた。エリサの言葉がわかっているみたいだ。

「飼い主そっくり」

と、マリカは笑う。鳩がむくれたように見えるから、オリヴィアもおかしくなってきた。

「仲間に入りたいのかしらね。ほら、少し食べる？」

鳩にちぎったパンの欠片《かけら》を差し出す。パクッと嘴で上手に挟むと飲み込んだ。

「おいしそうに食べるわね」

「ポポッ」

また鳴いて、嘴を開く。オリヴィアがパンを差し出す。鳩が食べる。その小さな身体にどれだけ入るのだろうというぐらい鳩はよく食べた。

「そうよね。明日には、またたくさん飛ばないといけないんだもの。今のうちにたくさん食べておきなさい」

ルークに返事は書けない代わりみたいに、鳩にたくさん食べさせる。満腹になったらしい鳩がオリヴィアの肩に移動する頃には、オリヴィアの気分も完全に元に戻っていた。

翌朝。いつものように早朝に鳩は飛び立っていった。オリヴィアはそれを見送り、いつもの生活に戻る。

「おい、オリヴィア！」

朝食を終え、グレゴールの代わりに仕事をしようとしていたら、グレゴール本人が足音も荒く部屋に飛び込んできた。

慌てたマリカとエリサがオリヴィアの前に立ちふさがったけれど、相手がグレゴールと気づいて身を引いた。ふたりとも、不満な表情を隠しきれていないけれど。

「お前には外の連絡を禁じていたはずだったな」

「はい、さようでございますが」

まさか、ルークとのやり取りがバレてしまったのだろうか。ルークの鳩は使い魔だし、見つかるようなへまはしていないはずだが。

「お前の部屋から、鳩が飛んで行ったのを見た者がいる。しかも、今までにも何度かあったそうだな」

「……それは」

やはり、ルークの使い魔を見られていたようだ。ルークの手紙に返事は書かなかったけれど……ルークからの手紙については、言い訳はできない。

「お、恐れながら、陛下。目の赤い白い鳩……ですよね？」

「白い鳩だ。目の色まではわからん」

恐れながら、とぷるぷる震えながら申し出たのはエリサである。

（いつもとちょっと顔が違う……？）

どちらかと言えば、幼い容姿のエリサなのだが、今日はいつも以上に幼く見える。本当は十七のはずなのに、十五歳そこそこに見えるのはなぜだ。

「それは、私のペットです……！　寂しくて、お妃様にも内緒でこっそり飼ってました……！」

「なんだと？」

「毎朝恒例のお散歩に行ったんです。許してください……お父様にも、お母様にも会えないから寂しくて、つい……」

わーっと泣き伏した様子に、グレゴールは困惑したようだった。

（私が、外部と連絡を取っていると思い込んできたのでしょうけれど。いえ、外部と連絡を取っているのは本当だけれど）

ルークからの手紙には返事をしていない。彼の近況報告をオリヴィアは受け取っているだけ。ささいな言葉に幸せを覚えているけれど、それだけだ。

それはそうとして、実際にやり取りをしているのは実家の方だ。

だが、侍女長に中身を確認してもらい、さらにはグレゴールの側近も内容を確認しているのだから文句を言われる筋合いはない。

たとえ、そこに代々実家に伝わる暗号が織り込まれていたとしても、だ。

「あら、では、その鳩はいつ帰ってくるのかしら？」

そう穏やかな声で割り込んだのは、ケイト・ピラールである。

グレゴールの新しい愛人だ。商家の娘で、身分としてはさほど高くないという。庶民の間にしばしばみられる茶色の髪に緑色の瞳。

なんでも、「聖女」としての力に目覚めたそうで、その力をグレゴールのために大いに振るっているらしい。

「もう、帰ってきていますよ……」

「……え？」

ケイトの微笑みが崩れた。

「羽を怪我しているので、あまり長いこと飛べないんです。ぐるっとお城の周囲を飛んだら、すぐに戻ってきます」

「見せてくださる？」

にっこりと微笑むケイトは美しかった。

（今までの陛下の愛人とはタイプが違うわね……）

と、のんきにオリヴィアは思う。今までグレゴールが愛人にしてきたのは、最初の愛人であるヴェロニカに似た妖艶な雰囲気の女性が多かった。

だが、ケイトは違う。彼女のまとう清純な雰囲気。

グレゴールより年上――つまりは、オリヴィアよりも年上である――のは今までと変わりがないのだが、彼女には母性のようなものが感じられる。

「あ、はい……？　あの、連れてきてもいいですか？」

「ええ。怪我をしているのなら、治してあげないとね」

「もう治らないと思うんです。飛べるようになっただけいいかなって」

なんて子供じみた振る舞いをしながらも、エリサは一度退室した。戻ってきた時には、鳩の入った籠を大切に抱えている。

「エリサ、まだ自由にしていなかったの？　オリヴィア様、申し訳ございません」

エリサの発言に合わせるように、マリカが頭を下げた。こちらは、「妹を思いやる姉」の演技のようだ。

「いえ……エリサが心細いのもわかるわ。言ってくれれば、許可ぐらいあげたのに」

ルークの鳩は、たしかに今朝飛び去ったはずなのにと疑問を覚えながらも、マリカの演技に合わせる。このぐらいはお手のものだ。

「まあ、可哀そうに。本当だわ。羽を傷めているのね……ええ、これでは普通なら治らないでしょうね。私に任せてくれる？」

こくり、とエリサはうなずいた。ケイトは、そっと手を伸ばす。

鳩は警戒する様子もなく、ケイトの手に飛び乗った。ケイトは怪我をした部分を包み込むように両手を合わせる。

（……これは……！）

オリヴィアは目を見開いた。ケイトのそれは、回復魔術だ。それも、普通の回復魔術ではない。

回復魔術は、古傷には効かないのに、ケイトの回復魔術は違った。鳩の古傷まで治っていく。この力は――これだけの能力を持つというのなら、きっと聖女と言っていいのだろう。

「あの、ケイト様……？」

なにがどうなっているのかと思いながら、オリヴィアは口を挟んだ。

「ケイトは、聖女なのだ。私のために、力を使ってくれる。そこの侍女、感謝するのだぞ。ケイトの力はごく限られた者にしか使われないのだから」

「まあ、陛下。私は、手の届く範囲をできるだけ広げようと思っているだけですわ」

なんだろう、このもやもやする感じ。

ケイトは愛想よく振る舞っているし感じも悪くない。

けれど、彼女の声音の奥底に意地の悪いものを感じてしまったのは、オリヴィアの気のせいだろうか。先ほど、鳩がもう帰ってきたと聞いた時、動揺していたようにも見えた。

「ケイトは、素晴らしい女性だ。きっと私の支えになってくれるに違いない」

「もちろんですわ。王妃陛下と一緒に陛下をお支えしますとも」

今までの愛人とは違う。ちゃんとオリヴィアを王妃として扱ってくれているのに。

なのに、この悪寒。どうしたというのだろう。

「使い魔を使って、勝手にやり取りをしているのではないかと思っていたが――」

「いいえ」

グレゴールの問いには首を横に振った。

やり取りはしていない。一方的に贈られてくるルークの愛を受け取っているだけ。こちらからは、なにもお返ししていない。いないから、やり取りは発生していないのだ。

嘘はついていない。真実を口にしているわけでもないけれど。

「しかし、この鳩を使えば、国とやり取りできるのではないか？」

「エリサ、どうなの？」

「王宮の庭で拾った鳩なので……手紙を持たせても、王宮の周囲をうろうろするだけで終わりだと思います。毎朝散歩に出してますけど、遅くても夜には戻ってきますし」

鳩に限らず、鳥に手紙をやり取りさせようと思ったら、きちんとした訓練を積まなければならない。王宮の周囲で育った鳩ならば、遠くに行こうとはしないだろう。

エリサの言葉を、グレゴールは完全に信じたわけではないだろうけれど、それで納得することにしたようだった。

（たぶん、しばらくの間は監視が続くのでしょうね）

しかし、エリサが鳩を飼っているのはまったく気づいていなかった。侍女達がどこまで先回りしているのかと思うと怖いぐらいだ。

「騒がせて悪かったな」

「いいえ、陛下」

「王妃様のお立場を考えたら、疑われてもしかたありませんわ。ねえ、陛下」

ああ、ちくりと棘《とげ》を感じた。だからだ。ケイトは今までの愛人とは違うと思いながらも、心の底では信頼できないと思ったのは。

騒がせた詫《わ》びを口にしただけ、グレゴールは成長したのだろう。オリヴィアとはかかわり合いがないけれど。

グレゴールとケイトが出ていくと、オリヴィアはぐったりとソファに身を沈めた。仕事をしなければならないのに、今日は朝から疲れてしまった。

「エリサ、助かったわ」

「いいえ。他にも三羽の鳩を飼っているんです。まさか、こんな使い方をするとは思いませんでしたけど！」

「……そうね」

グレゴールがずっとこの離宮を監視しているかどうかは知らないが、たまたま気づいたという可能性が高そうだ。

（次は、返事を持たせなければだめかもしれないわね）

ルークの鳩がまた来るようなことがあったなら――それ以上は、考えることを放棄した。

ケイトがグレゴールの側につくようになってから、オリヴィアへの呼び出しは今まで以上に少なくなった。

「信じられます？　本来、王妃が出るような公式行事にも、ケイト様を伴って出ているらしいですよ！」

公式行事へ出るよう求められないと思っていたら、ケイトを事実上の王妃として遇し始めたらしい。聖女は王妃よりも尊ばれる立場なのだそうだ。

（それならそれでかまわないけれど）

このままの状態が続けば、グレゴールはオリヴィアと別れることにも同意してくれるだろう。

（ケイト様は、今までの愛人とは違って、必要以上にお金をかけていないみたいだし、彼女の回復魔術の腕なら、聖女として認定されてもおかしくない。グレゴールをいい方向に導いてくれるのであれば）

以前、オリヴィアのもとを訪れたケイトは、簡素な衣服に身を包んでいた。王の愛人というより、稀有《けう》な回復魔術の使い手という印象の方が強かった。

ちらりとオリヴィアをあなどるような表情も見てしまったけれど、国費を流用しないのであれば、オリヴィアからしてみれば今までの愛人よりずっと好印象な相手。

となると、いつ、この国を離れてもいいように準備をしておいた方がいいかもしれない。

王妃として、ケイトにこの国を最高の状態で引き渡すことも考慮してもいいかもしれないと思う。

「町に出ましょうか。しばらく出ていないしね」

城下町の探索も、しばらく行くことができていない。

侍女達も賛成してくれたので、お忍び支度を調えて外に出た。

（ここでの生活も、悪くないと言えば悪くなかったのよね……）

グレゴールに与えられた離宮。たしかに、辺鄙《へんぴ》な場所にはあったけれど、その分外への出入りは自由だった。

特に侍女長をこちら側に引き入れてからは、自由に動きやすくなった。

ウィナー商会に出資した分は、今では倍以上の額になっている。王妃として体裁を整えるだけではなく、オリヴィア個人の財産にもなっている。

町は活気に溢れているように見えた。店に並んでいる商品も、いつもの通り。

大きな変化はないように見えていたけれど——。

（おかしいわね。怪我をしている人が、以前より増えたような？）

たしか、地方で小競り合いがあったと聞いている。王宮からも兵を出したというのはオリヴィアも知っていた。

けれど、任務で戦地に赴いたのなら、きちんと神殿で治療を受けられるはず。特に、今は、ケイトが聖女として力を振るっているのだから。

ダミオンと顔を合わせるなり、オリヴィアは口を開いた。

「……なにかあったの？」

単刀直入なオリヴィアの言葉に、ダミオンは大きくうなずいた。

「怪我の治療をしていない人がずいぶん増えたって話ですよね」

「ええ。ケイト様が神殿にいるのだから、ケイト様が治療しているのではないの？」

「――それが、ケイト様が治療をするのは、ごく一部の人間だけ。十分な寄付金を払える者に限られているんです」

「嘘でしょう？」

「残念ながら、事実です」

ダミオンの言葉に、オリヴィアは声を失った。たしかにグレゴールは、ケイトの治療は限られた者しか受けることができないと言っていた気がするけれど。

「神殿には、他に回復魔術を使える神官はいたわよね？」

王の遠征で怪我をしたのだから、回復魔術は無料、もしくはお気持ち程度の料金で受けられたはず。だが、それにもまたダミオンは首を横に振った。

「ケイト様に倣って、神官達も寄付金を納められない者の治療は引き受けていないようです」

「──なんてこと」

清廉潔白に見せておいて、そんなことをしていたとは。

ケイトに感じていたわずかな好意は、すっかり消え失《う》せてしまった。あの時覚えた不信感は、間違いではなかったようだ。

「ダミオン。回復魔術の使える者は、どのぐらい集められる？」

「ご希望であれば何人でも。傭兵《ようへい》の中にも、回復魔術の使える者はいますからね。ただ──」

右手の親指と人差し指でマルを作る。先立つものは必要だと言いたいらしい。

「そうね。あなたに預けてある分の私の個人財産で、雇える限り最高の人材を──あとは、どうやってこっそり治療するかだけど」

「商品を購入してもらった人だけこっそり治療するというのはどうですか？　うちの商会が営むパン屋があるのをご存じでしょう？　パンなら皆買いますからね。そこから情報を流します」

「大々的にやって、目をつけられないようにね」

「もちろん、そこは心得ておりますとも」

「回復魔術師が必要なら声をかけて。私が治療できるのは、軽傷者だけだけれど」

「ありがとうございます。必要ならエリサ様に連絡をさせていただきます」

こういうことは、専門家に任せた方がいい。ダミオンができるというのなら、彼に任せてしまおう。

「オリヴィア様、どちらに行くのですか？」

「そちらは、危険ですよ」

ウィナー商会をあとにし、裏道の方に入っていったら、侍女のふたりはいやな顔をした。

たしかにどんどん治安の悪い方向に入り込んでいる。彼女達の心配もわかるのだが、自分の目で現状を確認せねばと思ったのだ。

（王宮にいたら、これは気づかないままだったわね……）

オリヴィアの視線の先には、家を失ったらしい人の姿。怪我をしているということは、先の遠征に行った者なのだろうか。

「マリカ」

「承知いたしました」

マリカに合図すれば、心得顔で前に出る。うずくまっている人に声をかけ、手に硬貨を握らせた。今、オリヴィアにできるのはこの程度のことしかない。

（治療と、仕事が必要だわ……グレゴールに言って、聞く耳を持ってもらえるかどうか。ダンメルス侯爵と話をしましょう）

オリヴィアがあまり表に出るわけにはいかないのだ。

ダンメルス侯爵とはいい関係を築けているから、細かいところは彼に任せてしまえばいい。

なおもオリヴィアは足を進める。

この国は、少しずつ衰退に向かっているようだ——グレゴールが王になった時から少しずつ。気づいていなかった。表通りはいつもと変わらないように見えていたから。

「この国はだめね。動くことにするわ」

三年、我慢した。二年も子ができなければ、王族としては結婚の解消もできる。それでも、もう一年待った。彼との仲を改善しようとして。

「オリヴィア様は、十分我慢なさいましたよ」

と、エリサが同意する。

「あの男を殺らずに今まで耐えたのです。オリヴィア様は我慢強いお方ですとも」

なにかあるとグレゴールの暗殺を持ちかけてきたマリカも、オリヴィアがこの国を出ることには賛成してくれているようだ。

「その前に——あら？」

治療が必要そうな人に金銭を分け与えながら歩いていたら、目の前に小さな家が見えた。この通りには珍しく、きちんと手入れされている。

オリヴィアが目をとめたのは、庭というか家の周囲に植えられている草であった。この草は、人の手で栽培することはできないはずなのに。

——もしかしたら。

これが突破口になってくれるかも。

「あの家をたずねるわ」

「待ってください、危険ですっ！」

オリヴィアは、マリカが止めるのも聞かず、その家の扉を叩いた。中から返事が聞こえてきて、扉が細く開かれる。

「病人ですか？　怪我人ですか？」

「いいえ、どちらでもないわ。あなたの家の周囲に生えている草について教えて」

オリヴィアがそう言うと、相手は目を見開いた。扉を閉じようとするのを、マリカが素早く足を挟みこむ。

「えいっ！」

タイミングを合わせてエリサが扉を押し、相手を追いやることに成功した。

あとはそのまま中に入り込むだけ。するりと三人入ったら、後ろ手にドアを閉じてしまう。

「あっ……どうか、見逃してください。あの草がなければ……」

家の主は、四十代と思われる男性だった。苦労しているのか、身体に肉はほとんどついておらず、肩は薄い。

「あれは、レムラ草でしょう？　人の手で栽培はできないはずだけれど」

レムラ草は、非常に強い効能を持つ薬草だ。

怪我の回復に非常に大きな効能を持っているのだが、最大の特徴は、他の薬効を持つ薬草と一緒にした時、効能を何倍にもする力があるというところである。

人の手での栽培は不可能とされていて、主な使い方は、薬を作る時にほんの少しだけ混ぜるというもの。そのレムラ草が、この家の周囲には大量にある。

「栽培に、成功したんです。この町の者達にとって、大切な薬なんです。どうか、取り上げないでください」

オリヴィア達の衣服を見て、裕福な商人の家の者だとでも思ったのだろう。男は平伏して、何度も取り上げないでくれと同じ願いを繰り返した。

「いいえ、取り上げたりなどしないわ。仕事を頼まれてくれないかしら」

「仕事、ですか？」

「ええ。レムラ草をできるだけ大量に栽培してほしいの。神殿での回復魔術が受けられない人はたくさんいるもの」

高価な寄付金を納めなければ、治療が受けられないなんてどうかしている。目の前の男性は自分なりのやり方でこの地域に暮らす人々を救おうとしていたのだろう。ならば、オリヴィアもできる限りの助力をしたい。

「できるだけ多く栽培したいと思っていますが、場所がなくて……」

「場所は提供する。人の手が必要なら、何人だって雇うわ。もっとレムラ草が必要になる時が、きっと近いうちに来ると思うの」

神殿が治療をしないというのなら、薬でなんとかするしかない。

神殿にも手を入れたいところだけれど、なにも知らないまま手を出せば、返り討ちにされてしまう。そちらは、そちらで調査を入れるしかない。

まずは、できることから始めよう。オリヴィアは、今思いついたばかりの計画を、目の前の男性に持ちかけてみることにした。


夜の闇に紛れて、ルークの鳩がやってくる。

王妃として孤独な日々を過ごす間も――マリカとエリサのおかげでそこまで孤独感は感じなかったとしても――ルークからの使いは、心の慰めになってくれた。

(この子の出入りには、気を付けなくちゃ)

ルークの鳩は、甘い果物を好んで食べる。それに気づいてからは、侍女達に頼んで甘い果物を食べさせている。

今もオレンジをつつきながら、赤い目をこちらに向けている。尾羽がぴくぴくしているのが愛らしい。

「ルークにね、返事を書こうと思うの」

「ポッポー?」

「あなたって、本当にタイミングよく返事をするわね。まるで、私の言葉がわかっているのではないかと思うくらい」

鳩の背に指を滑らせる。そうしても鳩は嫌がる気配など見せなかった。ため息をつきながら、もう一度指を滑らせる。

「この離宮は見張られているみたいでね。あなたが出入りしているのに誰か気づいたみたいなの。エリサが鳩を飼ってくれていたおかげで、なんとか言い逃れはできたけれど」

ルークになんて言えばいいのだろう。彼の鳩にはずいぶんと救われた。今だって、こうして鳩を撫でているだけで、ささくれだった心が落ち着きを取り戻しているみたいなのに。

「ポポポッ！　ポッ！」

食べるのをやめた鳩が翼をバタバタとさせる。やはり、オリヴィアの言葉を理解しているみたいな振る舞いだ。

使い魔になるぐらいなのだから、きっと鳩としてはとても賢いのだろう。

「明日は、一日ここでゆっくり休んでちょうだい。あなたは夜目が利くみたいだから、夜出て行った方が安心ね」

まずないとは思うが、グレゴールの手の者が、鳩を攻撃することがないとは言えない。

もしかしたら、エリサの飼っている怪我をした鳩も、そうやって攻撃されたものだという可能性は否定できない。

ルークの鳩が傷つくのは、耐えられそうになかった。

「会いたい、わね……」

誰も聞いていないから、つい漏れる本音。侍女達の前でだって、この本音を口にすることはできなかった。

彼女達は、オリヴィアの願いを叶えるために、どんな危険な行動でもするだろうからなおさらだ。

「もう来ないで、と――愛している、は許されるかしら？」

ククッと鳩が悲しそうな目になる。本当に、言っていることがわかっているみたいだとおかしくなってしまった。

（いつか、会いに行くわ――この国を出たなら）

心の中で決意を新たにする。だから、それまでの間はルークにもこの鳩にも危険は冒さないでほしい。

＊　＊　＊

月に一度か二度、使い魔と意識を同調させてオリヴィアの様子を見に行く。それがルークの唯一の楽しみだった。オリヴィアを取り戻すために、もっともっと力をつけなくてはならない。

それ以外の楽しみは、すべて捨てた。

――それなのに。

「もう来ないで、と――愛している、は許されるかしら？」

不意にオリヴィアがそんなことを言い出した。オリヴィアや侍女達の会話から察するに、前回ルークと同調した使い魔が戻ったあと、なにか異変が起こったようだ。

（鳩をよこすな、だと？）

会話はできなくとも、オリヴィアは鳩には素直な気持ちを伝えてくれていた。

だから、返事がなくても十分だった。会話ができなくても、ルークはオリヴィアの気持ちを知ることができるし、心は通じ合っていると思っていたから。

鳩の前でだけは、オリヴィアは弱音を零す。鳩の身体でも、そんな彼女に寄り添えば、少しだけ表情が明るくなるのが嬉しかった。

（……しかし、グレゴールのやつ）

ぴょん、ぴょんとテーブルの上を跳ねながら考え込む。

こうして使い魔と意識を同調させるのは、ルークにとっても生易しいことではなかった。多くても月に二度しか来ることができないのは、ルークの身体にも大きな影響があるからだ。負担があったとしても、こうしてオリヴィアの様子を見られることがなによりの幸せだったのに。

（苦労、しているんだな）

オリヴィアの美しさには少しの陰りも出ていないけれど、時々、昔は見せなかった表情をするようになった。それを、大人になったで片付けられるほどルークも単純ではない。

(——オリヴィアひとりで背負う荷物じゃないだろう?)

うんうんと唸《うな》りながら書いていたのは、ルークへの返事。当の本人が、ここにいるなんて想像もしていないに違いない。

どうにか、彼女の笑顔を取り戻したい。テーブルの上で羽を広げれば、困った顔になった。

「あなたとは遊んであげられないのよ。先に手紙を書いてしまわないと」

そんな手紙なんて書かなくていいと、伝える術を持っていないのが口惜しい。

時間をかけ、唸りながらもオリヴィアは手紙を書き上げた。朝、ルークと同調している鳩を放す前にもう一度読み直してから足につけるつもりのようだ。

「あなたもそろそろ寝ないと、明日つらいわよ? 鳩って睡眠時間が足りなくても大丈夫なのかしら」

指の背で、そっと鳩の首筋をくすぐってくる。それから、ベッドに潜り込んだ。すぐに健やかな寝息が聞こえてくる。こんな状況に置かれていても、しっかり睡眠をとっているから体調を崩さずにいられるのだろう。

「——ポッポ」

オリヴィアの名を口にしたはずなのに、出てくるのは鳩の鳴き声。ベッドで眠りについていているオリヴィアの側に寄る。

ぐっすりと眠っているオリヴィアの側にそっと寄り添った。

こんな姿でなかったら、抱きしめて、自分の腕の中で守ってやるのに。

（……そろそろ、我慢できなくなってきたな）

オリヴィアが望まなかったから、使い魔としてこっそり会いに来るだけでなんとか自分を抑えていたのに。

もう、気持ちを抑えなくてもいいのではないか。そんな気がしてきている。

＊　＊　＊

裏町で薬草を育てていたのは、トリットという名の男であった。

医師として働いていたのだが、とある貴族の命を救えなかったらしい。そのため、貴族の家の者に恨まれ、職を追われてあの家で暮らすようになったのだとか。

オリヴィアは彼を引き抜き、彼の家にはこれまた裏町に流れてきた別の医師を常駐させた。

オリヴィアが手配した医薬品を使い、神殿に頼らず治療を行う場所としてトリットの家を使うことにしたのだ。

「神官の数も限られているものね。医師は必要だわ」

「はい、薬師も、です。オリヴィア様のおかげで、数を増やすことができそうです」

トリットには「王妃陛下」とは呼ばせなかった。最初から名前で呼んでもらう。

きっと近いうちにオリヴィアはこの国を出ていくことになるだろうから。

「それは、あなたの功績よ。あなたがいなかったら、栽培はできなかったもの。私はただ、場所と作業する人の手を提供しただけ」

その場所が、問題なわけではあるが。

オリヴィアが提供したのは、離宮から少し離れたところにある庭園の一画だった。

広い庭園の中、忘れ去られた離宮、さらに忘れ去られた離宮からも離れた場所にあるというわけで、めったに人が来る場所ではない。

グレゴールの訪れは、ケイトを伴った時が最初で最後。しょっちゅう顔を合わせたい相手でもないから、オリヴィアの方からは余計なことは言わないようにしている。

「オリヴィア様、しかし王宮内の庭園とは」

「いいの。グレゴールは気づかないわ。それに、書類はちゃんと整っているのだから問題はないもの」

トリットを始めとし、薬草の栽培にかかわる者は、オリヴィアの暮らす離宮に部屋を与えた。

彼らは、庭園を薬草園に改造し、毎日薬草の世話をし、収穫をし、使える状態にしてトリットが暮らしていた診療所に運ぶ仕事を担っている。

「書類はどのようにして整えたのでしょう？　その方に危険が及ばねばいいのですが」

「問題ないわ。私の味方——というより、私の言うことを聞かないといけない、と本人は思っている相手だから」

オリヴィアとの婚儀を調えたダンメルス侯爵は、今ではオリヴィアの最大の味方となっている。いや、味方にならざるをえなかった。

グレゴールとケイトの仲は、今は知らない者がいないほどのところまで進んでいる。その一方でオリヴィアの扱いについても、少しずつ外国に知られ始めている。

（積極的に噂《うわさ》をまいているのが私だとは、侯爵は気づいていないでしょうね）

気づいていたところで、侯爵にできることは限られているのだけれど。

そんなわけで、侯爵を脅し——いや、協力をお願いして、書類はきちんと整えてある。グレゴールが気づいて文句を言ってきたとしても、なにも言えないほどに完璧に、だ。

『王の許可を得て、庭園の一部を薬草園に改装した』ということになっているから、他の人達にバレた時のことについては心配していない。

一応書類はグレゴールも目を通しているはずなのだが、おそらくサインしただけなのだろう。彼が、この薬草園に気づいている気配はない。

「では、お願いね。使いきれなかった分は、ウィナー商会を通じて安く卸すから」

「かしこまりました」

残念ながら、収穫してしまったあとは長期保存がきくものではない。そのため、ウィナー商会のダミオンを通じて、どんどん外に流通させることにしている。

（……グレゴールを引きずりおろしたあとのことも考えなくてはね）

グレゴールは、王にはふさわしくない。

オリヴィア自身、外に出て自分の目で見るまで気がつかなかったけれど、しばらく外に出ていない間に街はずいぶん衰退していた。

怪我人が、ろくな治療も受けないままうろうろしているなんて、少し前ならありえなかった光景だ。

「——オリヴィア様、ダミオンが参りました」

扉の外からエリサの声がする。待っていたダミオンが到着したようだ。

以前はダミオンは、こっそりとオリヴィアに会いに来ていた。

だが、侍女長も味方に引き入れ、グレゴールが油断している今となっては、以前ほどは警戒しなくてもいい。

離宮で働く者達は皆、オリヴィアの味方に転じている。万が一裏切り者が出たとしても、その時はすぐに手を打てば問題ない。

「よかった。ダミオン、話をしなければならないことがあるの。薬草のことなのだけれど——って、来てはだめだと言ったわよね、私っ！」

ダミオンに声をかけていたはずが、後半つい叫んでしまった。頭を抱え込みそうになる。

どうして、この男がここにいるのだろう。ごく当然のような顔をして。

「来なければ、話はできないだろ？」

「……ルーク！」

まったく悪びれない表情をしたルークが、ダミオンに続いて入ってきた。オリヴィアは、ダミオンを睨みつけたけれど、彼はまったく気にしていないみたいだ。

というか、気にするとかしないとか以前の問題なのかもしれない。ダミオンの背後にいるルークは、涼しい顔をしているから。

「どういうつもり？」

「どういうつもりって……しかたがないだろ。俺ももう限界だ」

「……私は、あなたに危険なことはしてほしくないのに」

さらに続けようとしたら、するりとダミオンが退室しようとしているのが視界の隅に映る。

「ダミオン？　どういうことなの？」

「わ、私は逆らえませんので……エリサ様の許可もいただきました……！」

「こら、待ちなさいっ！」

手を伸ばすが遅い。ダミオンはオリヴィアの手をすり抜け、出て行ってしまった。ルークの笑い声に、肩を跳ね上げながら振り返る。

（……どうしよう）

振り返ったところで後悔した。

来るなと言ったのに、二度も来た。文句を言ってやろうと思っていたはずなのに、言葉が喉でせき止められてしまったみたいに出てこない。

会えなかった年月は、ルークを完全に大人の男性にしていた。あの頃からしっかり鍛えていたけれど、今はもっと筋肉質になっているようだ。

「……会いたかった」

侍女達もいつの間にか姿を消してしまっていて、部屋の中にいるのはふたりだけ。

あっという間にルークの手に捕らえられてしまって、腕の中に抱え込まれる。

「悔しいわ」

「悔しい？」

「こんなにあっさり掴まるなんて。鍛え方が足りないのかしらね」

会いたかったのは、オリヴィアだって同じ。

なのに、口から出てくるのはそんな可愛げのない言葉。頭の上からルークの笑い声が降ってきて、オリヴィアはますます膨れっ面になった。

「オリヴィアはずっとここで暮らしていたんだろ。俺は、あちこち渡り歩いてきたから」

「そうみたいね」

抱き留められたルークの身体は、あの頃よりもずっと逞しかった。跳ね上がる鼓動、忙しなくなる呼吸。

口を開いたら、想いが溢れてしまいそうで、それ以上言葉を続けることができなかった。

「オリヴィアが俺を心配してくれているのはわかっている。だけど、俺もいつまでも子供じゃない——迎えに来られるだけの力をつけたんだ」

「ルーク——でも」

「オリヴィアだって、わかってるんだろう？　このままでは、この国はだめになる」

「……ええ」

ダンメルス侯爵が必死に支えてはいるが、国のトップにいるのがグレゴールである。近頃は、聖女であるケイトを重用し始めている。

たしかに彼女の力は素晴らしいけれど、その結果、国内がどれだけ荒れているのか見向きもせずに。

「正直なところ、この国がどうなろうが関係ないと俺は思っている。他国のことだし、俺が口を挟むのは違う——だが、オリヴィアがかかわっているとなると話は別だ」

「私も、この国を離れるつもりではいるの。でも、今ここで離れてしまったら——」

グレゴールに愛を向けたことなど一度もない。オリヴィアをお飾りの王妃にしてきたこの国の貴族達もどうでもいい。

——でも、見てしまった。

ろくな治療も受けることができずに、動けなくなってしまった人を。最後の救いを求めて、トリットの診療所を訪れる人達を。

オリヴィア個人でできることには、限りがある——ならば。他の手を考えるしかない。

「私は、この国から去るべきだわ。でも——」

「その前に、この国を壊す必要がある。そうだろう？」

ルークは、オリヴィアのやりたいことをわかってくれている。それはありがたいけれど。

「でも、問題があるの。グレゴールを引きずりおろしたところで、誰を王位につけるべきなの？」

「グレゴールには弟がいるじゃないか。彼を王位につければいい」

なんてことないようにルークは口にする。けれど、オリヴィアはまだ迷っていた。

「でも、彼がグレゴールと同じような過ちを犯したとしたら？」

「オリヴィアは、シェルト王子に会ったことはあるのか？」

「いいえ。私がこの国に来た時には、彼はもう離宮に幽閉されていたし……彼が公の場に出ることはなかったもの。誰かに引き継がなければとは思っていたけれど、シェルト王子は最初から候補に入れていなかったわ」

オリヴィアが嫁いできた頃、シェルトはまだ幼かった。それもあって、どうやらオリヴィアの中では「まだまだ子供」という認識だったのもあるかもしれない。

「……それに、シェルト殿下は、王位継承争いで反乱を起こした側でしょう？　そんな人にこの国を任せていいものかどうか」

「だが、あの頃の彼は、まだ十歳の子供だった。責任を取るべきなのは、彼ではなく、彼を担ぎ上げようとした周囲の大人達だ」

「そういう考え方もあるわね」

たしかに、あの時まだ子供だったシェルトが、王位継承争いの先頭に立っていたとは思えない。先頭に立っていたのは、先代王妃だろう。

それでも迷う。シェルト個人の責任は問えないにしても、罪人の子を王位につけてしまっていいものかどうか。

「オリヴィア、ここは俺達だけで考えてもしかたがないだろう。ダンメルス侯爵と話をすべきだ」

ルークは、ダンメルス侯爵のことまで知っているらしい。どこまでこの国の事情に食い込んでいるのか恐ろしくなるほどだ。

「たぶん、呼べばすぐ来てくれると思うわ。あなたがここに長居するのは、得策ではないもの。すぐに来てもらいましょう」

使いを出し、すぐに面会の手はずを整える。オリヴィアの方から呼び出した時、ダンメルス侯爵がオリヴィアを待たせることはめったにない。

今日も、使いを出してから一時間とたたないうちに、オリヴィアの暮らす離宮を訪れた。

「ダンメルス侯爵、無理を言ってごめんなさいね」

「いえ、ちょうど会議が終わったところでしたので——こちらの男性は？」

オリヴィアの離宮に、客人が訪れることはめったにない。

「アードラム帝国のブロイラード伯爵家の者だ。オリヴィア様とは、魔獣討伐で幾度かご一緒させていただいた」

「……なるほど」

ルークの言葉を聞き、ダンメルス侯爵は瞠目《どうもく》した。天井を見上げ、首を振り、そして深く息をつく。

「たしかに、王妃陛下は、以前からお話はされておりました。その時が来たということですね」

「そう思ってもらいたい。オリヴィア様が、この国を去る準備を始める時が来たというわけだ。だが、グレゴールにこの国を任せておくわけにもいかないだろう」

「あの時は、正しいことをしたと思っていたのですが」

先代王妃につかず、グレゴール側についたことをダンメルス侯爵は後悔しているようだった。

「私は、大きな過ちを犯しました」

「この国のことは、この国の者に任せるべきだというのはわかっている。だが、オリヴィア様をいつまでもこのままにはしておけないだろう」

「王妃陛下は――この国のために尽くしてくださいました。感謝いたします」

「いいえ、いいの。私は、私のやりたいようにやっただけだから」

オリヴィアは首を横に振る。オリヴィアが手を動かせることなんて、そう多くはないのだ。

「……では、どの方を？」

「先代の王の血に一番近いのはシェルト王子だ。あとは、公爵家にも王家の血を引く者はいるが、遠方にいるのだろう？」

「はい、恐れて逃げてしまいました」

王家の地に近い者は他にいないわけではないが、王位継承争いの際、巻き込まれたくないと領地に引きこもってしまった。彼らに任せるのは論外だろう。

「しかし、私もシェルト殿下をよく存じ上げているわけではないのです」

ダンメルス侯爵は、グレゴールに近いということもあり、シェルトとのかかわりは最小限だという。先代王妃の依頼で教育だけは受けさせているが、人となりについてはよく知らないというのが実情なのだそうだ。

「では、一度お目にかかった方がよさそうね」

「すぐにでも会えるのか？」

「先ぶれの者を出します。こっそりと会えるよう調整いたしましょう。王妃陛下、ルーク殿。

この件については、私に任せていただきたい」

ルークをこっそり離宮に招き入れた件について、ダンメルス侯爵になにか言われるかと思ったけれど、彼は、その点については、口を閉じておくことに決めたようだった。


先代王妃とシェルトが幽閉されている離宮を訪れたのは、翌日になってからだった。

幽閉されている彼女達のところへの訪問者などほとんどいないことから、面会の予定はスムーズに取り付けることができたという。

「お待ちしておりました――シェルト、ご挨拶を」

オリヴィア、ルーク、ダンメルス侯爵の三人が招き入れられたのは、応接室であった。

上質の家具でしつらえられていて、幽閉はされていても、ここが王族の暮らす場所であることを示している。

「シェルトと申します。王妃陛下、ええとそれから……」

落ち着き払っている先代王妃と比べ、シェルトはそわそわとしている。

まず、オリヴィアに頭を下げ、それからルークの方に目を向けた。彼が何者なのか気になっているのだろう。

「ルークでかまわない」

「ルーク様、こんにちは」

三年前からここに幽閉されているはずなのだが、シェルトの表情にまったく暗いところは見受けられない。幽閉、と言いつつも一室に監禁されているわけではなく、塀に囲まれている範囲ならば、外に出ることもできるからだろうか。

規則正しい生活をし、運動もしているようで、健康的にすくすくと育った少年という印象だ。先代王妃とよく似ていて、グレゴールとはあまり似ていない。

ダンメルス侯爵とは、前に顔を合わせたことがあるようで、彼に向ける顔はオリヴィア達とはいくぶん違ったものだった。

「ここの生活で、不自由なことはありませんか？」

「ありません。剣術の先生も、勉強の先生も来てくださいます。友達がいないのは寂しい し――あと、馬に乗れないのはつまらないですけど、たいした問題ではありません」

真っ先にたずねたオリヴィアに返すシェルトの表情に嘘はなさそうだった。

（……この子は、自分の置かれている立場をきちんと心得ているんだわ）

生活には不自由していないと最初にきちんと述べる。次に、こちらが聞きたいであろう不満についても口にする。それに対する心構えも。

グレゴールよりも、よほど相手に気を遣っていると言えるだろう。まだ十三歳になったばかりだというのに、しっかりしている。

「王妃陛下は、たくさんの魔獣を退治したって本当ですか？」

「どこでそのことを？」

ウェーゼルク辺境伯の者だと言えば、予想はつくかもしれないけれど、女性が最前線に立つというのは、他の国ではあまり見られないものらしい。

「母上が教えてくださいました。母上は、たくさんのことを知っているんです――王妃陛下は、なぜ、こちらにいらしたのですか？」

「……そうね」

オリヴィアは唇を噛んだ。思っていた以上に、シェルトはよくできた子供だ――でも、ここで平和に暮らしているからこそ、オリヴィアの事情に巻き込むのを一瞬ためらった。直接返答することはできず、問いに問いで返すことを選ぶ。

「私は、この国はだめになろうとしていると考えています。シェルト殿下は、どうお考えですか？」

「兄上のせいですね。国のことをまったく見ようとしないと聞いています」

「どこでそれを聞いたのかは、追及しないでおきましょう」

シェルトの言葉に、ダンメルス侯爵は困った表情になった。たしかに、幽閉されているシェルトが、外の事情に詳しいのでは困る。いくら、人の口には戸が立てられないものだとしても。

「それで、王妃陛下はどうなさりたいのですか？」

「……私は」

シェルトに問われたオリヴィアは、口にしかけて、首を振る。今、オリヴィアからそれを口にするのは適切ではない気がした。

「王妃陛下、先に私からよろしいでしょうか？」

シェルトの言葉を遮るように、先代王妃が口を開いた。

「……ええ、どうぞ」

オリヴィアの言葉に、先代王妃は居住まいを正す。オリヴィアをまっすぐに見る目に迷いはない。

「陛下の即位前、なにがあったのか王妃陛下はご存じでいらっしゃいますよね？」

知っていたけれど、返せなかった。

シェルトが自分の立場をよく心得ているらしいことはわかっていたけれど、母の罪についてまで知っているかどうかはわからなかったから。

「息子には、私の罪についてはすべて話してあります。遠慮なさる必要はありません」

「……あなたは陛下に反旗を翻した。シェルト殿下を王とするために」

「ええ。私は、陛下の資質に疑問を抱いておりました――ですが、私はやり方を誤った。その結果が、現状です」

先代王妃は、自分の過ちを隠そうとはしなかった。その点でも、オリヴィアに好意を抱かせる。

「そうね。きっと他の選択肢もあったでしょう……いえ、あの方はそれを受け入れないかもしれないわね」

ここ一年はその努力がおざなりになっていたのは否定しないけれど、オリヴィアだってグレゴールの人となりについてよく調べ、どうにか彼の心を掴むことができないかと努力はしてみたのだ。彼については、そうとう詳しいと自負している。

その結果、無理だと判断せざるをえなかったのだ。彼には、彼の世界しか見えていない。そして、その世界に入ることを許すのは、彼が選んだものだけ。

たとえば歴代の愛人とか、今の愛人であるケイトだとか。

「……だから、反旗を？」

「焦ったのですわ。夫が、あんなに早く亡くなるとは思ってもいませんでしたから……」

先代王妃は目を伏せた。

（この方と先代国王の間にはたしかに強い結びつきがあったのだわ）

それが男女の愛かどうかまではわからないし、今はその点は問題にすべきところでもないけれど。

「陛下は、私とシェルトを排除にかかった。そして、私達は立ち上がらざるをえなかったのです。なんとかこうして生きていることができるのはダンメルス侯爵のおかげですわ」

「では、私達がなぜここに来たのかについては？」

遠回しに、そうたずねることしかできなかった。もし、ふたりがオリヴィアの提案を受け入れたとしたら。ふたりを再び表舞台に引っ張り出すことになる。

「王妃陛下。僕は——僕では、頼りにならないでしょうか」

「私が言いたいのはそういうことではなくて——王位につくということは、大変なこと。その責任をあなたに負わせてしまっていいものかどうか」

「……母の罪については、知っています。きっと、僕も同罪なのでしょう。だからこそ、僕達は、民のために身を粉にして働くべきなのではありませんか？」

まっすぐにオリヴィアを見るシェルトの目。嘘はなかったけれど、少年ならではの純粋な理想も多く含まれていた。

外の世界に出たならば、その輝きをどこまで保っていられるのだろう。それは、わからない——でも。

（もう、この子は覚悟を固めているわ）

オリヴィアはいつまでもこの国にとどまるつもりはない。この国は、この国の者に任せるべきだ。そして、グレゴールがそれにふさわしくないというのであれば、シェルトに賭ける。

この少年には、それをやり遂げるだけの力がある。

「ダンメルス侯爵。あなたは、陛下の教育係でしたよね？」

「……はい」

「シェルト殿下にも教育をすることはできますか？」

「それは、なんとかします」

多忙なダンメルス侯爵に、さらに責任を負わせることになる。それはわかっていても、現状他に適任者はいないのだ。

オリヴィアは目を閉じた。

シェルトが、王になったら、この国はどんな変化をするのだろう。その変化を、見てみたいと思ってしまった。

「殿下。今から私達は同志です。私は、あなた達の力になります——ですから、あなたは、立派な王になるための努力をしてください」

「わかりました」

「あなたが準備できるまでの間、私はこの国を支えましょう。その期間は二年——二年といたしましょう」

さほど遠くない未来、オリヴィアが堂々とこの国を離れるために。大いに私情を挟んではいたけれど、与えられた条件の中であがくしかないのだから。

第六章　やられたらやり返す、ただそれだけのこと

シェルトのもとを訪れてから、二年近くが過ぎようとしている。あの頃は幼かったシェルトも、だいぶ成長してきた。

こっそり家庭教師として通っているダンメルス侯爵も、シェルトに期待を寄せているようだ。この分なら、シェルトが成人する頃には計画を実行に移すことができるだろう。

ダンメルス侯爵から使いが来て、オリヴィアは受け取った封書を開いた。中を見てみれば、魔獣の討伐に行ってほしいという侯爵からの依頼だ。

「このところ、魔獣の数が増えているのではない？」

世間的には、オリヴィアは離宮で隔離された生活を送っているということになっている。公式の場に、グレゴールはケイトを伴って出かけることが多くなったから、オリヴィアが呼ばれることはなくなった。だが、オリヴィアにとってもその方が都合がいいのであえて放置しているのが現状だ。

「どうなさいます？」

「行くわよ、もちろん」

マリカからの問いには迷わず返す。侍女達はあいかわらずオリヴィアの側にいてくれる。身

の回りの世話だけではなく、情報収集や護衛も引き受けてくれていて、彼女達がいなくなったらどうしようかと思ってしまうほどだ。

「しかし、聖女様はなにをしているのでしょうね？　聖女様がちゃんと仕事をしていれば、オリヴィア様が出る必要もないでしょうに」

エリサも不満顔だ。

ケイトが前線に出れば、怪我をした兵士達の回復も速やかに行われるだろうし、魔獣を退けることもできるだろう。だが、彼女は王宮でグレゴールにべったりである。

「私が出るのはかまわないわ。魔獣が出れば困るのは一般の人だし、こちらで駆除しなかったら、ウェーゼルク領に魔獣が流れていくかもしれないじゃない」

オリヴィアが嫁いで以来、グレゴールは魔獣の討伐をほとんど行っていないのだ。そのため、ウェーゼルク領にも魔獣が流れているらしい。実家の負担も大きくなっているため、この国で対処できる分はオリヴィアが対処しようと思っている。

「それはそうですが……」

マリカとエリサは不満顔だが、グレゴールを追いつめるための布石のひとつとなりうるから、オリヴィアにとってはさほど悪い状況ではない。

その証拠は、日々積み重ねられていて、シェルトが成人を迎える頃までには、証拠の束はオリヴィアの身長を越すぐらいの高さにまで積み上げることができるだろう。

（それに、ルークに会えるかもしれないし）

ブロイラード伯爵家に援軍の依頼を出しているわけではない。けれど、オリヴィアが魔獣討伐に向かうと、傭兵達の中にルークを見かけることが多いのだ。

ブロイラード伯爵家の三男として来ているのならやめさせるのだけれど、ただの傭兵としてこの国に来ているので文句は言えない。

オリヴィアも『ヴィー』という偽名を使って、侍女達とともに傭兵として潜り込んでいる。

（――ただ、目を合わせることしかできないことも多いけれど）

必要以上に接触しないよう心がけているため、互いに目礼して終わりということもある。それでも、姿を見ることができるのとできないのとでは大違いだ。

「じゃあ、いつもの通りに支度をして出かけるわよ」

オリヴィアの指示に、ふたりの侍女はピシッと背筋を伸ばした。

あとのことは侍女長に任せて、離宮を出る。

侍女長は、侍女達の飴と鞭でしっかりと飼いならされていた。オリヴィア達が留守にしていても他の人に気づかれていないのは、侍女長がうまく立ち回っているからである。

魔獣が出没している場所に到着すると、そこにはたくさんの兵士達が集まっていた。兵士達をまとめている隊長が声をかけてくる。

「ヴィー、来てくれたのか」

「ええ。依頼を受けているから——今回も、遠慮なくやらせてもらうわね」

依頼主はダンメルス侯爵である。依頼の内容は魔獣討伐の際、兵士達に戦い方を教えること。

今までに三回、同じような依頼を引き受けてきた。

今まで魔獣と対峙《たいじ》することの少なかったストラナ王国の兵士達は、最初は魔獣と向き合うことすらできなかったけれど、オリヴィアが先頭に立つことで、兵士達も奮い立った。今では、オリヴィア抜きでもある程度対応することができるようになっている。

「よっ」

「……どうも」

やっぱりルークがいた。こちらに片手を上げて気楽に挨拶をしてくるので、オリヴィアも軽く頭を下げて返す。

ルークは黒い革鎧に身を包み、大きな剣を吊るしている。オリヴィアに手を上げた様子は、どこからどう見ても傭兵である。

彼と比較すると、オリヴィアはどうしても物腰に貴族らしさが出てしまうらしい。

傭兵のヴィーが、王妃であるということに気づいている者は今のところいないけれど、貴族令嬢であることは間違いない、ということになっている。

それに引き換え、ルークは完璧に馴染んでいる。彼の長身は、傭兵達の間にあっても引けは取らなかった。

「……声はかけないようにってお願いしていたはずなのに」

小声でオリヴィアは、ルークに文句を言った。互いの素性がバレないように行動するという約束だったはずなのに、こうしてルークは気楽に声をかけてくる。

（声をかけられたら嬉しいって思ってしまうから……だから困るのよ）

ふたりきりで会うことはしていない。

ダンメルス侯爵だったり、侍女達だったり。いつも、誰か他の人の目がある場所で顔を合わせるように心がけている。

だから、交わせる会話なんて当たり障りのないものでしかないはずなのに、嬉しいと思ってしまうから困る。

「何度も顔を合わせているんだ。まったく会話がない方がおかしいだろう？」

「知りません」

たしかに、傭兵ルークと傭兵ヴィーは、ストラナ王国に雇われて、しばしば顔を合わせているということになっている。挨拶もないのは逆に不自然かもしれない。

だけど、気になるのだ。ルークの顔を見て浮かれている雰囲気になっているかもしれないということが。

「そのまま、前を向いて聞いてほしい」

「なにかしら」

並んで立ち、遠くに見える魔獣達の様子を見ながら会話を続ける。

「神殿の方だが、寄付金の半分以上は神官達の私腹を肥やすのに使われていた」

「やっぱりそうだったの。でも、使うところなんてないでしょうに」

ふたりの話し声が、他の人に聞こえてしまうということはない。ルークは気を遣って周囲に人がいない場所を選んでいるし、オリヴィアの侍女達やルークの護衛達がしっかりと周囲を守っている。

「引退後に備えているようだぞ。今でも、見えないところでは贅沢をしている」

「なるほどね」

神官もある程度年齢を重ねれば引退が認められている。引退後に贅沢三昧《ざんまい》な生活をしていたとしても、神殿とは直接かかわりはないから文句はつけられないというわけだ。

「ケイトは？」

「あいつの欲は、名誉に傾いている気がする。『王国を守る聖女』の肩書が欲しいんだろうな。王宮に引っ込み、グレゴールに貢がせた品で身を飾って、なにを守っているかは知らないが」

グレゴールは様々な品をケイトに貢いでいるようだ。ケイトはそれをありがたく受け取り、不要と判断したものについては神殿に寄付しているという。

「そうね。彼女のいるべき場所は王宮ではなくてここだと思うわ」

優秀な回復魔術の使い手は、いくらいてもかまわない。いや、兵士達の命を繋ぐためには何人いても足りないのだ。

だが、ケイトは王宮でグレゴールの側にいることを望んだ。彼女が、魔獣討伐の場に姿を見せたことは一度もない。

（王宮で貴族だけを相手にしているのに、聖女だなんてね）

たしかに彼女の回復魔術はすごい。魔獣を退けることだってできる。だが、弱い者を置き去りにする彼女を聖女とは呼びたくない。

「……そろそろ、行った方がよさそうね」

魔獣達が向きを変え、こちらに向かい始めていた。オリヴィアの魔術の射程にはまだ入っていないが、そろそろ気を引き締めておいた方がいい。

「ヴィー、頼めるか！」

声をかけてきたのは、先ほど挨拶した隊長だ。オリヴィアはうなずいた。

ルークが軽く肩を叩いて、オリヴィアの側から離れていく。

「炎の壁を展開するから気を付けて！　まずは壁を越えてきた魔獣だけやって！」

「わかった！」

「炎の壁——！　三連続でいくわ！」

以前は、一枚だけしか出せなかった炎の壁。だが、三回連続で魔術を放つことにより、以前より幅広く分厚い壁を作ることができるようになった。

多数の魔獣が、炎を乗り越えることができないまま倒れていく。そして、なんとか乗り越えてきた魔獣は、控えていた兵士達にとって容赦なく打倒された。

炎の壁が消え去る前に、高いところから軍に属している魔術師達が、次から次へと攻撃魔術を放つ。オリヴィアもそこに加わった。

「行ってくる！」

「気を付けて！」

短く声を発したルークが、魔獣達を押しとどめている柵の方に走っていく。

柵を越えてこちらに来る魔獣が、剣の一閃《いっせん》で切り倒された。

ルークとは、昔から一緒にこうやって魔獣討伐に出ていたけれど、オリヴィアが離宮で暮らしている間、彼はどんどん腕を上げていたらしい。

（……今回もなんとかなりそうね）

本来ならば、魔獣が本格的な繁殖期を迎える前にある程度間引いておく必要がある。だが、グレゴールが王となってから、この国ではそれをしていない。

今までは、ウェーゼルク家とブロイラード家の討伐である程度間引くことができていたのが、とうとうそれだけではすまなくなってきたということだろう。

ダンメルス侯爵に、どれだけグレゴールが嫌がろうが、来年からは魔獣討伐を復活させるよう伝えておかなければ。

「ありがとう。今回も助けてくれて、感謝する」

「いいえ、私は仕事をしただけ。お礼なら、ダンメルス侯爵に言ってちょうだい」

いずれ、ダンメルス侯爵から傭兵達への依頼は、本当はシェルトが私財を投じて依頼したということが公表されるだろう。

魔獣討伐を終えて、離宮へと戻る。今回は五日間留守にしていたけれど、訪れる者はいなかったようだ。その代わり、手紙はたくさん届けられたらしい。

「王妃陛下、留守の間に届いた手紙です。こちらは、私が返事をしておきました。こちらは、王妃陛下のご確認が必要なものです」

今ではすっかり従順となった侍女長が、手紙の束を差し出した。

(グレゴールの監視の目が、だいぶ緩んできたということね)

以前なら、貴族達からオリヴィアへの手紙なんて届くことはなかった。実家からの手紙は例外として、それ以外のものは途中で誰かに廃棄されていたから。

以前はルークの鳩に気づくぐらい監視が厳重だったというのに、大きな違いだ。

お茶の用意をしてもらい、日当たりのいい窓辺に座って目を通す。二杯目のお茶が空になった頃、オリヴィアは顔を上げた。

「――ダンメルス侯爵を呼んで」

「侯爵を呼んで、どうするのですか？」

三杯目のお茶を用意していたマリカが振り返る。

「そろそろ頃合いだと思うの。この手紙。全部、魔獣をどうにかしてほしいという依頼よ。私の実家に期待しているのでしょうね」

届けられた手紙はすべて、この国の貴族達からのものだった。

魔獣が大量に発生し、対応に苦慮している。助けてほしい、というもの。

オリヴィアへの依頼ではあるが、オリヴィアの背後にいるウェーゼルク辺境伯家を当てにしてのもの。オリヴィアが実家に助けを求めることを期待しているのだろう。

「お望みどおりにするのですか？」

「……するわけないでしょ」

オリヴィアの呼び出しに応じてやってきたダンメルス侯爵は、すっかり疲れ果てているみたいだった。通常の業務に追加して、シェルトの教育も彼自ら行っているのだ。過重労働なのは間違いない。

ダンメルス侯爵によれば、シェルトはもう一人前になったと言ってもいいらしい――となれば。そろそろシェルトにも動いてもらう時期だ。

「シェルト殿下に、外に出てもらいましょう」

「しかし、オリヴィア様。シェルト殿下は幽閉されておりますが……」

ダンメルス侯爵との付き合いもかなり長くなった。この国を離れると決めてから、彼にも王妃陛下と呼ぶのはやめてもらっている。

ダンメルス侯爵はシェルトの暮らす離宮へと出入りしているが、それはあくまでもシェルトが離宮にいることが前提となってのもの。シェルトが離宮を出ることに、グレゴールがいい顔をするはずはない。

「グレゴールは、シェルト殿下のことをどう思っているの？　王族教育を受けていることとか、魔術の才能があるとかいうのは知っているの？」

シェルトは、水の魔術が得意だった。魔力量も豊富で、前線に立っても十分以上の働きを見せるだろう。

「いいえ、それはご存じないと思いますが……」

グレゴールにシェルトの本当の能力を悟らせるようなしくじりを侯爵がするはずもなかった。

オリヴィアはにやりとした。

（今のって悪役みたいな顔になってないかしら……）

ダンメルス侯爵が肩を跳ね上げたので、もしかしたらやりすぎたのではないかと不安になる。

まあ、それはいい。

「だったら、グレゴールにはこう言うの。『王族が出ないのはまずい。恩赦で外に出られるようにして、シェルト殿下を矢面に立たせればいい』とね」

「それで納得されますか？」

「その時はこう付け足すのよ、意味ありげにね。『魔獣討伐で命を落とすのはしばしばあることだ』」

嘘は言っていない。魔獣討伐で死者が出るのはよくあることだ。辺境伯家でも、多数の死者を出している。それをグレゴールがどう解釈するかは、彼の受け止め方次第。

ダンメルス侯爵なら、『これを隠れ蓑《みの》としてシェルトを暗殺する』とにおわせるぐらいのことはしてのけるはず。

「なるほど。たしかにそれがよさそうですね」

「シェルト殿下が行くとなれば、ケイトも行くかしら？」

「いえ……彼女は、王宮から外には出ないでしょうね」

「聖女が聞いて呆れるわ」

聖女だと主張するのならば、聖女を必要としている人のところに行けばいいのに。

けれど、ケイトは王宮で自由で贅沢な時間を過ごすことを選んだ。自分が持つ力を役立てることもせず。

「トリットが栽培してくれた薬草を、薬に加工してあるの。それも一緒に持って行きましょう――私も『オリヴィア』として行くわ。グレゴールにはいいように言ってちょうだい」

このために、トリットを引き抜いたのだ。

オリヴィアの回復魔術の腕は、たいしたことはない。だが、薬の効能を何倍にも高めることのできる新たな薬を大量に用意している。

ケイトがいなくとも、魔獣討伐の場で治療することができるとしたら――ケイトを引きずりおろすことができるかもしれない。

「『王妃陛下は、陛下の役に立つことを望んでいる』と言っておきましょう」

愛さないと宣言されたオリヴィアではあるが、求められた時には、王妃としての役目は今まできちんと果たしている。

ダンメルス侯爵の話から判断する限りでは、グレゴールはオリヴィアが「グレゴールを愛しているからおとなしくしている」と認識しているようだ。

彼を愛したことなど一度もないし、「信頼し合える夫婦になりたい」なんて、とっくの昔に失せてしまった感情だというのに。

だが、それならそれで彼の思い込みを利用するだけのこと。

「あの人には、好きなように思わせておきましょう。下手に横槍を入れられるより、その方がいいでしょうしね」

オリヴィアのやろうとしていることに横から口を挟んでこないのであれば、文句はない。王が下手に動かない方が、国が安定するというのは問題な気もするが、それもいずれ改めていけばいいだけの話だ。

「シェルト殿下の護衛だけはしっかりして。防御魔術が得意な人を側に置いて、常に防御魔術を欠かさないように。本当になにかあっては困るわ」

「心得てございます」

グレゴールにそこまでの頭があるとは思えないけれど、もしかしたら彼自ら暗殺者を送り込んでくるかもしれない。そのためには、シェルトの護衛はしっかりしておかなければ。

「マリカ、今回はシェルト殿下の護衛をお願いできるかしら」

「――かしこまりました」

返事をする前にマリカが一瞬戸惑ったのは、オリヴィアの側を離れるのを嫌がったからだろう。でも、今はそれ以上に大切なことがあると、マリカも知っている。

戸惑いは見せたものの、不満を口にすることなく受け入れてくれた。

＊　＊　＊

グレゴールのもとをダンメルス侯爵がこっそり訪れたのは、とある日の深夜になってからだった。

このところ、魔獣の動きが活発になっているので、軍を出す必要があるのだと彼は説明した。

兵士達の士気を高めるため、王族が参加する必要があるのだとも付け加えられた。

「それは、俺が行かなければならないのか？」

グレゴールは、まだ、魔獣討伐に赴いたことはなかった。イリアーヌ王国にアードラム帝国。両国が魔獣討伐を行う時期に、以前はストラナ王国も魔獣討伐を行っていた。

だが、イリアーヌ王国とアードラム帝国の兵士達だけで十分な活動が行われているのだ。

王国からは出す必要がないだろうと、グレゴールが即位して五年以上たつ今まで一度も兵を出したことはなかったのだ。

だが、それが問題だとダンメルス侯爵は言う。

「どうやら、両国が駆除しきれなかった魔獣が、我が国に入り込んでいるようなのです。魔獣を討伐する兵は出さねばなりません」

ちっと舌打ちをしたのは、行儀が悪かっただろうか。だが、ダンメルス侯爵は、思ってもいない提案を重ねてきた。

「総大将には、シェルト殿下に就任してもらいましょう」

「だが、あいつは」

グレゴールと王座を争った異母弟。ダンメルス侯爵が『異母弟を殺すのは国民からの支持を失う』と必死で説得してきたから、離宮への幽閉で許してやった。

時々報告は受けているが、おとなしくしている間は大目に見てやろうと思っていた。だが、彼を外に出す必要はあるのだろうか。罪人だというのに。

「もちろん、殿下の罪のことを忘れたわけではありませんよ？　ですが、都合がいいではないですか。魔獣討伐の場は、とても危険なのですから」

言葉の後半は、意味ありげに声を潜めている。それで、理解した。

魔獣討伐の面倒な部分はシェルトに任せてしまい、使い道がなくなったら暗殺するつもりなのだろう。まったくできた男である。

グレゴールが即位したばかりの頃は、まだ力を持っていなかった。先代王妃とシェルト、双方を処刑するつもりだったのだが、貴族達の反対で断念せざるをえなかったのだ。

もし、魔獣討伐で殉じるのであれば、それはそれでいいだろう。グレゴールの手を汚さずに、あの時願っていたことを果たせるのだから。

「だが、子供だぞ？」

一応、ダンメルス侯爵の前では、そう渋ってみせる。ダンメルス侯爵は、グレゴールの意図を正しくくみ取るであろうことを期待しながら。

「心得ております」

丁寧に頭を下げる侯爵の様子に、自分の意図が正しく伝わったことを知った。

＊　＊　＊

オリヴィアの言うことは正しい。マリカはそれをよくわかっている。

（たしかに、こちらの殿下の方が将来有望そうね）

オリヴィアがシェルト達の暮らす離宮を訪れてから二年近く。その間、グレゴールはまったく成長しなかったが、シェルトの方はすくすくと成長していた。

「僕の護衛をしてくれる人ですね。よろしくお願いします」

丁寧な言葉遣い。頭を下げる様子も悪くないが、そこまで丁寧に接するのは、逆によろしくない。その点は一応指摘しておこう。オリヴィアもそれを望んで、マリカをシェルトにつけたのだから。

「マリカと申します。シェルト殿下の護衛を務めますが、私にそこまで丁寧にする必要はないんですよ」

「そうなんですか？」

「はい。必要以上に使用人に丁寧にするのは、殿下が甘いと他の者に思われてしまう原因となります。私のことは呼び捨てにしてください」

「わかりました——じゃないや。わかった、だね」

「はい、よろしいですよ」

オリヴィアがマリカをシェルトの担当にしたのは、護衛としては、エリサではいまひとつ不安があるから。わかってはいるが、オリヴィアの側を離れるのは不安だ。

「マリカは、魔獣討伐したことある？」

「ございますよ。こーんな大きな、ブラックエレファントも退治したことがございます」

はるか遠い国にいる象という動物に似ているらしい魔獣なのだが、馬車よりも大きな体躯《たいく》を持ち、長い鼻で周囲を殲滅《せんめつ》するとんでもない魔獣だ。

そんな魔獣を退治したことがあると聞いて、シェルトの目が丸く大きくなる。

「マリカは、すごいんだねぇ……僕、オリヴィアお義姉様《ねえ》みたいになれるかな？」

そう呼べる期間は長くないとわかっているだろうけれど、シェルトはオリヴィアのことを『お義姉様』と呼ぶ。オリヴィアもそれをやめさせようとはしてこなかった。

「それはわかりませんね。オリヴィア様は特別ですから」

「そうだよねぇ……」

無邪気に笑う様が、ちょっと可愛いなんて思ってしまったのは誰にも言えない。

グレゴールと半分同じ血を引いているとはいえ、オリヴィアのことを尊敬しているのだ。

シェルトのことは認めてもいい――なんて、微妙に上から目線である。

「オリヴィアお義姉様は、ルーク様のことがお好きなんでしょう？」

「そ、それは……」

一瞬、言葉につまってしまった。

たしかにふたりは愛し合っているが、今はきちんと節度を保っている。

だが、今のオリヴィアがグレゴールの妃であるのも事実。ふたりは想いを人前で見せるような真似はしていないはず。どうしてそれに気づいたのだろう。

「あ、ごめんね？　脅したつもりはないんだ。でも、僕もあと五年早く生まれていたかったな、と思って」

そうしたら、オリヴィアお義姉様と結婚することができたかもしれないのに、とシェルトは頬を膨らませる。それは、年相応の表情だった。

そのとたん、理解してしまう。シェルトもまたオリヴィアに好意を寄せている。だからこそ、オリヴィアの目が誰に向いているのかに気づいてしまったということも。

「オリヴィアお義姉様が、ルーク様のことを好きなのは、わかるよ。でも、ルーク様なら納得だな。兄上よりずっといいと思うんだ」

「殿下」

「これは、僕とマリカだけの秘密ね？」

しーっと立てた人差し指を口にあてがってシェルトは笑った。

（この少年は……いえ、殿下は。認めてらっしゃる、ということね）

オリヴィアとルーク。両家の両親はふたりの気持ちを尊重し、結ばれることを許した。

その間に割り込んできたのはグレゴールだが、彼の異母弟は、ふたりの仲を心から祝福しているらしい。

「ほら、見てよ。こんなにもたくさんの魔獣が——回復魔術師はそんなに多くないし、大丈夫かな……僕も治療部隊に移った方がいい？」

兵の数と比べると、回復魔術の使える魔術師の数はあまりにも少ない。シェルトの持つ水の魔術の中にも怪我の治療に使えるものはあるから、彼なりに考えての発言だろう。

「いえ、殿下はこちらで大丈夫ですよ。もし、手が足りなくなれば、治療部隊に行くことを考慮いたしましょう」

ここが、ウェーゼルク辺境伯家なら。回復魔術師は十分な数が用意されているし、回復薬も余るほど準備されている。だが、それは国境の向こう側の話であって、ここでは通じない。

「オリヴィア様が手を打っておられます。シェルト殿下は、どんとかまえて、目の前の魔獣を討伐することだけを考えていらっしゃればよろしいのですよ」

なんて、つい余計な口をきいてしまった。でも、それもしかたないではないか。こんなにも素直な少年を、応援しないでいられる方がどうかしている。

「ねえ、マリカ。僕もいつかなれるかな？」

「なにがですか？」

「ルーク様ぐらい強くてかっこいい人に」

「あー……、それは」

たぶん、ルークも特別なのだ。オリヴィアの愛した相手だから、というだけではなく。

「マリカは正直者だね」

「精進いたします……」

たしかに、シェルトは鋭いけれど、こんな小さな少年に内心を悟られてしまうとは失格である。油断してしまった。

「殿下も、強くて格好いい大人になられると思いますよ。今のお気持ちを忘れることがなければ」

「忘れないようにするね」

だから、つい応援したくなる。

——シェルトが、ルークとオリヴィアを応援していると知ってしまった今はなおさら。

＊　＊　＊

オリヴィアが魔獣討伐の場に到着したのは、シェルトの護衛についたマリカが出発して二日後のことだった。

「シェルト殿下！　薬を持ってまいりました」

「オリヴィアお義姉様！　来てくださってありがとうございます」

にこにことしているシェルトの様子を確認する。大丈夫、怪我をしている様子はない。睡眠もきちんととれているようだし、食事も問題なさそうだ。

「オリヴィアお義姉様が王宮を出るのは大変だったのではないですか?」

「そこは、ダンメルス侯爵が上手に対応してくださいましたよ」

ダンメルス侯爵が、グレゴールにどう説明したのかオリヴィアにはわからない。けれど、オリヴィアが離宮を離れ、魔獣討伐の場に薬を運搬する許可は出してくれた。

(王妃としての仕事だ、とでも言ったのでしょうね)

このところ、公の場にオリヴィアを伴わないことで、一部の貴族からはちくちくと言われているらしい。それを鎮めるためとかなんとか言いくるめたのだろう。

最初にグレゴール側についたのは失敗ではあると思うが、それはそれ、これはこれである。

「オリヴィア王妃陛下が、薬を届けてくださったよ! 順番に並んで、重傷者から渡せるように、手分けして運んで!」

シェルトが声を張りあげる。兵士達の間から、歓声があがる。「あれは、ヴィーじゃないか?」とオリヴィアの偽名を口にしている者もいる。いい兆候だ。オリヴィアとヴィーが同一人物であると知らせることも必要だ。「お飾りの王妃」が、民のために戦場に立ったと知らしめることに繋がるから。

「お義姉様が、そんなことまでなさる必要はないのに」

「これも、必要なことですから」

オリヴィアが薬を配付する一団に加わると、シェルトが声をかけてきた。

大事なのは、グレゴールは王宮に引きこもったままだが、オリヴィアとシェルトは魔獣討伐の場に立ち会っているという事実。

グレゴールとケイトに対する不信感を、積極的に育てていかなくてはならないのだ。

「王妃陛下が、わざわざこのようなところまで……？」

隊長が、オリヴィアを見て目を丸くしている。彼とは、以前『傭兵のヴィー』として顔を合わせたことがあった。彼は、オリヴィアとヴィーの関係性に気づいたらしく、たずねながらも目が泳いでいる。

「ええ。これが私の仕事だもの。怪我人は、緊急度の高い人と低い人をきちんと分けてね。緊急度の高い人のために、回復魔術の使える人も連れてきているから」

オリヴィアの持って来た薬は、薬を飲むことができる人にしか効かない。

回復魔術で意識が戻るところまで回復させたら、あとは薬を飲ませた方がいい。その方が、多数を助けることができる。

「オリヴィアお義姉様が、王宮で育ててくださった薬草を使って作った薬だよ。お義姉様がいなかったら、こんなにたくさんは用意できなかったんだ」

「シェルト殿下……」

シェルトの言葉に、並んで薬を手渡していたオリヴィアは、思わず彼に目を向ける。視線が合うと、シェルトはにっこりと微笑んできた。

（わかってて、やってるってことね……！）

シェルトは、オリヴィアの功績をわざわざ口にすることで、オリヴィアに対する好意的な目を育てようとしているのだ。彼の年齢でオリヴィア達のやろうとしていることをここまで完璧に理解しているなんて、頼もしい限りである。

「シェルト殿下も、頑張って戦場に立ってくださっているんです。皆で力を合わせて、魔獣を追い払いましょうね」

「はいっ！」

シェルトがにっこりと笑う。

このままいけば、彼にこの国を任せることができそうだ。

薬を配り終わり、自分用の天幕へと戻ろうとしていたら、ルークが来ているのが見えた。

「あなた、こんなにしょっちゅうこちらの国に来ていて大丈夫なの？」

「問題ない。父の許可は得ているしな」

「……そう」

ルークと会えたのは嬉しい。直接言葉を交わすことができるのも。

離宮にいる時は、オリヴィアの心はひび割れてしまっている。

いくら信頼のおける侍女達がいてくれても、離宮を離れるためという目標に向かって邁進《まいしん》していたとしても。

なのに、ルークの顔を見て、声を聞いただけでそのひびは簡単に埋まってしまう。今の状況では触れ合うことすらできないのに。

ふたりの間には、手を伸ばしてもぎりぎり届かないだけの空間がある。この空間こそが、今は大切。それを埋めることを許されるのは、オリヴィアが自由の身となってからだ。

「オリヴィアこそが、聖女みたいだな」

「からかわないでくれる？　私は、聖女なんかじゃなくて――」

「王宮で贅沢三昧の聖女より、オリヴィアの方が支持されているってことだよ」

「あなたの言いたいこともわかるけれど」

ルークは手を伸ばすけれど、オリヴィアには届かない。首を横に振る。

（……ルークを抱きしめたいのに）

彼の体温をもっと側で感じることができたなら。でも、それは許されないこと。

「気を付けて行ってきてね」

「ああ。オリヴィアも気を付けろ」

「シェルト殿下の側にいるから大丈夫よ」

今、一番安全なのは、シェルトの側だ。今、一番失ってはならないのはシェルトの命なのだから。

ルークは強い。それはわかっている。わかっているけれど、願わずにはいられなかった。

(どうか、無事に戻ってきて)

その願いは、誰が叶えてくれるのだろう。誰に祈ればいいのだろう。

＊　＊　＊

グレゴールは、今が人生の絶頂だと思っている。側にいるのは愛するケイト。面倒な魔獣討伐は、異母弟が引き受けてくれている。いけすかない妻も、治療を手伝うと言って出かけて行った。

(ダンメルス侯爵は、魔獣討伐の場で命を落とすこともあると言っていたが——)

機会が掴めないようで、まだシェルトの暗殺には成功していないようだ。迂遠《うえん》な言葉づかいでそう報告してきたダンメルス侯爵は、ケイトも魔獣討伐の場に行けないかとたずねてきた。

それを断り、ダンメルス侯爵が辞去したあと、グレゴールは寝室に戻った。

「グレゴール様、私、戦の場になんて行きたくないわ」

ケイトが、グレゴールにしなだれかかる。グレゴールより二歳年上なのだが、いつまでも愛らしさを失わない女性だ。

あの生意気なオリヴィアと違って、グレゴールを立てることも忘れていない。ケイトと知り合うことができて、本当によかった。

「もちろん、行く必要なんてないさ」

ケイトの手にあるのは、聖女の救援を求める手紙。戦の場に出れば、怪我をするのなんて当然なのに、なぜ、ケイトの手を借りられると思っているのだろう。

「戦場は危険だし、汚い。ケイトの手を汚す必要はない——ここにだって、ケイトの治療を必要とする者はたくさんいるのだからな」

近頃神殿では、回復魔術を施術するのに多額の寄付金の支払いを求めるようになったそうだ。それもしかたのないことだ。

ケイトの美しい身体を飾るのには、最上級の布と最上級の宝石がふさわしい。聖女としての品位も、そうして支えることができる。

「……でも、近頃オリヴィア様のことを『聖女』なんて言う人もいるのよ？　私が聖女なのにおかしいわ」

唇を尖《とが》らせる様も、愛らしいと思ってしまうのだからしかたのないものだ。

今までの愛人達みたいに、いつかはケイトにも飽きるのだろうと思っていたけれど、そんなことはなさそうだ。いつまでも、いつまでもケイトを愛し続けられる自信がある。

「そんな生意気な口はきかないよう命令を出そうか」

「そんな命令ぐらいじゃ足りないわ――というか、なぜ、オリヴィア様を戦場に出したの？　離宮にずっと閉じ込めていたのに」

「ん？　だって、オリヴィアは魔獣討伐に慣れているんだから行かせた方がいいだろ？　このところ、王妃としての公務もさぼっていたしな」

さぼっていたのではなく、そもそもグレゴールがオリヴィアを呼ばなくなったという方が正解なのだが、彼の頭からはそのあたりのことは綺麗に抜け落ちている。

グレゴールにとっては、王妃なのに、王妃としての役目を果たしていないのがオリヴィアなのだ。

「……でも、彼女のことを聖女って」

「薬を届けているだけだ。ケイトの方がすごい聖女だって、皆わかっているさ」

貴族達は、ケイトの回復魔術に頼りきり。この国で一番の聖女はケイトなのだ。

だから、ケイトはなにも心配しなくていい。そう告げたけれど、彼女は納得がいっていないようなのが少しばかり気になった。

＊　＊　＊

魔獣討伐の場にいても、オリヴィアのもとにはひっきりなしに手紙が届けられた。離宮を出て、魔獣討伐の場に出ているという噂は、あっという間に広がったようだ。

毎晩のようにシェルトの天幕を訪れ、次はどこに向かうべきか議論を交わす。

その姿は、戦場に出ている兵士達の間にしっかりと広まっていて、いつの間にかオリヴィアは聖女のようだと崇められるようになっていた。

戦の場に立てば、火の魔術を駆使して魔獣達を薙《な》ぎ払う。戦闘が終わったら、自ら率先して薬を配って回る。

(王宮にいるケイトは、今頃気が気ではないでしょうね……)

近頃、オリヴィアの名声が高まり続けているのは、積極的に噂をばらまいている者がいるからである。

こういうことが得意なエリサは、兵士達の間に紛れ込み、手当ての手伝いをしながらオリヴィアの努力について詳細に、そして若干大げさに話をしているそうだ。

多少盛られた話であっても、兵士達にとっては王宮にこもりきりで出てこないケイトより、彼らの側で共に戦うオリヴィアの方が近い相手。

「オリヴィア様は、ここに来るまでにどれだけの犠牲を払われたのか……それも、皆さんと共にありたいというオリヴィア様の御心なのですよ」

なにを話しているのか、こっそり近づいてみたら、涙ながらにそう語っている現場に居合わせてしまった。

（まさか、そこまでとは思っていなかったわよね……）

犠牲を払った、は大げさではあるが嘘はついていない。こうして、噂は広まっていく。聖女のようだと言われるのはくすぐったいけれど。

そして、ケイトがそれを耳にしたら、心中穏やかではいられないだろう。彼女が戦場に出てきて、兵士達の治療に尽力するならそれでよし。尽力しないのならば、こちらも別の手を打つだけだ。どちらに転んでも大丈夫。

「それにしても……落ち着かないわね」

昨日までは、とある領地に出た魔獣を討伐していた。今日は、隣の領地に移動だ。そこに出没した魔獣を討伐しなくてはならない。

「もし、よろしければこちらのお茶を試してみてはいかがでしょうか」

マリカはシェルトについて隣の天幕だし、エリサは噂をばらまきに行っている。オリヴィアに声をかけてきたのは、神殿からやってきた回復魔術師だった。

「そのお茶は？」

「我々が愛飲しているものです。いくつかの薬草を組み合わせたもので、ゆっくり煮出すことで、疲労回復効果を持つ薬草茶になるのです」

「……それはいいわね。お願いしてもいいかしら」

「はい。王妃陛下のお口に合うかどうかはわかりませんが……ちょうど、いれようとしていたところですし」

回復魔術師は、オリヴィアを残してテントを出ていく。好奇心にかられて、オリヴィアもあとを追いかけた。

小さな鍋に水を入れ、夕食の準備のために用意されている火を借りて湯を沸かし始める。

「これは、どのぐらい煮出すものなの？」

「数分ですね。さほど時間はかかりません」

やがて湯が沸いたところで、薬草茶をひと掴み入れる。いったん静かになった湯が、再びぐらぐらし始めたところでもうひと掴み。

「なぜ、二回に分けたの？」

「最初に入れた分は、効能を十分に引き出すためのものです。二番目は、香りを際立たせるためのものですね。普段は二回には分けないのですが……王妃陛下は初めてですし、香り高い方が飲みやすいと思いました」

「そうなのね」

回復魔術師達は、回復魔術だけではなくこういった薬草にも詳しいのだそうだ。自分の身体を癒やすのには、魔術を使うよりもこうした方面から対応した方がいいということも併せて教えてくれた。

「……いい香り！」

二回目の薬草を入れたところで、ぱっと香りが立った。一度目に薬草を投入した時よりも強い香りだ。

「お好みの香りですか?」

「ええ、とても!」

「私は、蜂蜜を入れるのが好きですが、王妃陛下はどうなさいます?」

「私は、そのままいただきたいわ」

お茶に蜂蜜やジャムを入れて飲むこともあるが、今回は薬草の香りを直に感じたい。オリヴィアがそう言うと、回復魔術師はうなずいた。

「よろしければ、毒見をさせていただきますね」

「そこまで気を遣ってくださるのね」

「王妃陛下は、大切なお方ですから」

オリヴィアの前で、カップに注いだ茶に銀のスプーンを静かに入れる。数回かき回し、引き上げた。銀は毒物を検出できると言われているが、スプーンはまったく変色していない。

さらに一口すくうと、それをためらうことなく口に運んだ。

「上出来です。さあ、どうぞ」

「ありがとう」

受け取ったカップは、ほんのりと温かかった。

回復魔術師は、あらたに自分の分をカップに注ぐ。そんなにも入れるのかと驚くほど大量の蜂蜜を入れてかき回した。

それを見ながら、オリヴィアがカップを口に運ぼうとした時――。

「オリヴィア様、それを飲んではいけません」

シェルトの側にいたはずのマリカが駆けつけてくる。まだ、口をつけていなかったカップを手に、オリヴィアはきょとんとしてしまった。

「その男、オリヴィア様に毒を盛ろうとしています。エリサがその情報を掴みました」

なんと、回復魔術師は、ケイトに依頼されてオリヴィアに毒を盛ったのだという。まさか、そこまでするとは想像もしていなかった。

「毒？　嘘でしょう？」

「残念ながら、本当です」

マリカが言うには、黒い夢という種類の毒は、蜂蜜を大量に摂取することで効果を薄めることができるのだという。

「私が蜂蜜を入れて飲むと言ったら、どうするつもりだったのかしら」

「それでも、せいぜいスプーン一杯か二杯、この男は、事前に解毒薬も摂取していたようですし、蜂蜜も大量に入れていました。影響が出るのはオリヴィア様だけだったでしょう」

「なるほどね」

見てみれば、回復魔術師はぶるぶると震えている。どうやら、マリカの言った通りのようだ。

「どうします？　殺ります？」

「いえ、いいわ。彼には、証人になってもらいましょう」

いずれ、グレゴールとケイトを追放するための大切な証人だ。

マリカは不満そうであったけれど、今はまだ、手を出すべき時ではない。近いうちに、証人が必要になるからと納得させたのだった。

第七章　これで心穏やかに去ることができます

国中を回り、薬を届け、時には攻撃にも加わる。オリヴィアの夏は、そうして過ぎて行った。

王宮に戻ったのは、季節が夏から秋に移り変わろうという頃合いだった。ひと夏を屋外で過ごしたオリヴィアは、完全に日に焼けている。

「肌の手入れを頑張らないとですね！」

と、気合いの入っているエリサは、さっそく薬湯を用意しに浴室へと駆けて行った。

肌は清潔に保っていたし、侍女達が保湿用のクリームなどで手入れはしてくれていたけれど、旅路では落ち着いてじっくり手入れしている余裕はなかった。ふたりはそれが気になってしかたなかったらしい。

「申し訳ございません、騒がしくて」

マリカが頭を下げる。

「いいの。エリサを見ているとほっとするしね」

ウェーゼルク辺境伯家の暗部を担いながらも、エリサは明るさを失わない。そんな彼女の明るさは、オリヴィアをいつだって慰めてくれた。

「なにより大きいのは、シェルト殿下をお守りして王宮に無事に戻れたことよね」

ケイトの送り込んできた暗殺者は、ひとりだけではなかった。それをすべて返り討ちにしてきたのは、マリカとエリサである。

エリサと『楽しくお話』をした暗殺者達は、それはもうぺらぺらとしゃべってくれたそうだ。そんなことまで口にしてしまっていいのかというほどに。

おかげで、証拠集めもはかどったが、シェルトに怪我をさせてはならないと、綱渡りのような精神状態が続いていたのも本当のことである。

「あの方は、見どころがありますね」

シェルトの側で護衛していたマリカは、すっかりシェルトびいきとなっていた。

なんでも、シェルトの憧れはルークなのだそうだ。シェルトの前で次から次へと魔獣を退治していた姿に完全に心酔しているらしい。

それが、マリカとエリサにとってはシェルトを高く評価する理由となっているのだからわからないものだ。

「それに比べて、あのふたりに対する反発はますます大きくなっていますし。予定通り、ですね」

「そうね。ルークやダミオンもいろいろ手を回してくれたし」

すべて自分ひとりの力だなんて思っていない。たくさんの人の協力があったからここまでくることができたのだ。

ルークはなぜか神殿側に顔がきき、ダミオンは商人達の間に情報網を持っている。エリサだけではなく、彼らも情報や証拠を集める上で大きな力になってくれた。

グレゴールとケイトに対する不満、彼らが民を放置して放蕩《ほうとう》にふけっていた証拠も、だいぶ積み上がってきた。

あとは、これを絶好のタイミングで叩きつけるだけ。

(そのタイミングが問題なのよねぇ……)

ルークと別れたのは、一週間ほど前のこと。その時、証拠を公表するタイミングについては、ルークに任せるようにと指示された。

彼の鳩が来るのを待っているけれど、いまだに連絡はない。勝手に動くわけにもいかないから、少しばかり焦ってしまう。

(国に帰って、ルークも忙しいのかもしれないけれど……)

それにしたって、一言ぐらい連絡をくれてもいいのではないだろうか。

いや、まだ時期が早いのかもしれない。

彼が時期を待てというのだから待つべきだと頭ではわかっているのに、ぐるぐると思考を巡らせてしまう。

「そうそう、シェルト様の評判もぐんぐん上昇中ですよ！　母親はアレだけど、息子は国に尽くすいい子だって」

浴室に湯を張ったエリサが戻ってきながら口にする。この噂の発生源は、マリカとエリサである。

オリヴィアの侍女として魔獣討伐の場に同行した彼女達は、「傭兵ヴィーとその仲間」として知り合った傭兵を見かけるなり、「王妃の侍女」として声をかけて回った。

なぜ、傭兵のふりをしていたのかと驚く彼らに、「オリヴィア様とシェルト殿下は、この国の惨状に胸を痛めているのだ」と、ささやいたのである。

これが実にいい働きをした。

自分が魔獣討伐に参加できない間は、オリヴィアに頼んで援軍を派遣し、出られるようになったらすぐ魔獣討伐に参加した。

そこに母の罪を償うためという理由があったとしても、十五の少年がけなげに最前線に出ていたら、現場に居合わせた者達はシェルトを守らねばという気にもなろうものだ。

まだ若輩ながら魔獣相手にひるむことなく戦い続けたシェルトの姿。オリヴィアへ助力を頼んだということもあり、多くの兵が無事に戻ることができたのはシェルトのおかげだということになっている。

「それも、あなた達のおかげよね。本当に、上手に噂を流してくれたもの」

「私とエリサは、そちらが本業ですからね」

嘘は言っていない。たしかにシェルトは最前線に出て戦った。

オリヴィアがすぐ側にいて、護衛を兼ねた侍女達だけではなくルークの用意した護衛にもしっかり守られていたが自ら剣を手にしたのは事実。

魔獣をたくさん葬ったのも本当のことだけれど、討伐数はオリヴィアや侍女達が退治した一部をちょっぴり上乗せしてあるのは秘密だ。嘘にならない程度に、シェルトの手柄は大きくなって広められていく。

話を盛った分、民の間に広まるのは速かった。そして、対照的に、王宮に引っ込んだままのグレゴールの評判は下がりに下がっている。

さすがにグレゴールを退位させてシェルトを王にしようという動きにはなっていないが、近いうちにそんな声が出てきてもおかしくはない。

近いうちに、ルークが最高の舞台を用意してくれることだろう。

グレゴールからオリヴィアへ公式行事への参加を求める使いが来たのは、オリヴィアが戻ってきて二週間後のことだった。

「図々しくありません？」

使いから手紙を受け取ったエリサは、半眼でその手紙を睨みつけた。

「ダンメルス侯爵を呼びましょう。どういうつもりなのか、確認しなくてはね」

グレゴールがオリヴィアに会いたがるとは思えないから、きっとダンメルス侯爵が手を回したのだろう。理由を聞かなければ。

今日は夏に戻ってしまったのかと思うほど暑かったのだが、こんな時でもきちんとした装いを崩さないダンメルス侯爵は、額に汗を滲ませながらやってきた。

「なぜ、私に参加しろというの？　ケイトに任せればいいじゃない」

最初のうちは『ケイト様』と敬称をつけて呼んでいたのが、今では完全に呼び捨てである。本人を前にしたらそれなりに取り繕うつもりはあるけれど、ケイトを尊重する必要性は感じていない。

「さすがに、アードラム帝国の皇太子殿下を迎えるのにそれは厳しいでしょう。いくら聖女扱いとはいえ、彼女は平民です」

「皇太子殿下がいらっしゃるの？　私はお目にかかったことがないけれど……」

グレゴールに嫁いだ時、結婚の祝いに来てくれたアードラム帝国の皇帝とは一度顔を合わせたことがある。

だが、それも五年も前のことだ。

実家にいた頃も、ブロイラード伯爵家以外の帝国貴族とは、顔を合わせる機会はほとんどなかった。ブロイラード領に討伐に赴いた際、同じように討伐に来ていた人達と会った程度だ。

「ええ、そのようです。今回は、魔獣討伐への協力の礼をしたい、と」

「ものは言いようね」

魔獣が大発生したのは、ストラナ王国に原因がある。この国が帝国に協力したのではなく、帝国がこの国に協力してくれたのだ。

礼を述べるために、皇太子自らこの国を訪れるなんてありえないのだ。

「で、本当の目的は？」

「さすがに、オリヴィア様の目はごまかせませんか」

「当然よ。わざわざ皇太子が来る必要が感じられないもの」

この国と帝国の関係を考えれば、挨拶するといっても、腹心の部下あたりを送り込んでくるだけで十分。皇太子本人が、わざわざ足を運ぶ必要はない。

「いよいよその時が来た、ということです。帝国の皇太子は、十分な証人となってくださるでしょう」

「つまり、証拠の開示を皇太子の前で行うと？」

その割に、ルークからオリヴィアのところには一言もないけれど。ちょっぴり面白くないな、と思いながらも、侯爵の言葉には納得した。

（たぶん、ルークが動いてくれたのでしょうね。帝国の皇太子が相手なら、たしかにグレゴールも糾弾をなかったことにするのは難しいだろうし）

ブロイラード伯爵家は、皇帝一族とは親戚関係にある。それなりの礼は必要となるだろうが、なんとか協力をとりつけたのだろう。

「さようでございます。このところの魔獣の大量発生についても、その場で原因を追及することができるでしょう。そういう意味では、帝国も被害者です。グレゴールの罪をその場でひとつ、追加することができます」

「なるほどね」

いくら帝国貴族とはいえ、ブロイラード伯爵家の三男より、皇太子が証人となる方が、箔《はく》をつけることができる。箔、と言ってしまっていいのかどうかは別として。

皇太子が自ら来ているとなれば、グレゴールと対等に渡り合うこともできるはず。帝国とこの国の力関係を考えれば、どちらが上なのかは明白だ。

「それでは、たしかに私を隠しておくわけにもいかないわね」

オリヴィアがグレゴールの妻であるということは、アードラム帝国の皇帝も知っている。オリヴィアが嫁いだ時には、わざわざ挨拶に来てくれたほど。

なのに、グレゴールの隣にいるのが王妃ではなく愛人ではお話にならない。

「わかりました。参加しましょう」

「最高の戦闘服で参加するように、と皇太子殿下から伝言です」

「最高の戦闘服……？　皇太子殿下とは気が合いそうね」

くすりと笑い、衣裳部屋の方に目を向ける。最高の戦闘服を選び、最高に美しく装って赴こうではないか。グレゴールとの最後の戦いに。

皇太子の到着は、それから一週間後のことであった。グレゴールに使いを出した時には、もう帝国の都を出発していたらしい。

まだルーク本人からは連絡がないのが気になるけれど、いよいよその時が近づいてくるのだと思えば、オリヴィアの気持ちも盛り上がってくる。

客人を出迎えるための支度を終えたオリヴィアは、机の上に置いていた手紙を手にした。

そこにあるのは、皇太子からの手紙だ。一度、個人的にオリヴィアの暮らす離宮をたずねたいと書かれている。

（それにしても、先にこちらを訪れるとは思っていなかったわね）

了承すると返事したけれど、手紙には詳細なことが書かれていなかったからなにを話すつもりなのか気になってしかたない。

（事前に打ち合わせをしようということかしらね）

結局、そう結論づけるにとどまった。情報がないのに、想像ばかり膨らませても意味はない。

皇太子との面会には、きりっと見えるように、紺を基調としたドレスを選んだ。宝飾品は、必要最低限ながら上質のもの。

ルークが口をきいてくれたとはいえ、帝国の皇太子を迎えるのだ。粗相はできない。

皇太子とオリヴィアとダンメルス侯爵。この三人の間で、認識に齟齬《そご》があってはならない。

これからの会談は、重要になるはずだ。

（まずは、皇太子殿下との対話よね。実りある話し合いができればいいけれど……）

すっかりおとなしくなってしまった侍女長も、若い侍女達の尻を叩いて働かせ、離宮を改めてピカピカに磨き上げさせた。

客人を迎える用意は完璧なはずだ。

茶器にも気を遣い、最高級のものが用意されている。離宮に仕える菓子職人も、何種類もの菓子を焼き上げた。

オリヴィアが冷遇されているのを、皇太子には見せたくないようだ。

「どう取り繕ったところで、私が冷遇されているというのは否定できないのに」

「それはそれ、これはこれですよ、オリヴィア様！　皇太子殿下には、最高のおもてなしをしたいんです」

通りすがりに、萎《しお》れた花を持ったエリサが返事をする。花瓶の花を取り換えてきたのだろう。

独り言に返事をされて、赤面した。

皇帝はルークと似ていると結婚を祝いに来てくれた時に思ったけれど。皇太子はどうだろうか。なんの役にも立たない考えが、ぐるぐると頭の中を巡る。

オリヴィアはそわそわし、使用人達はバタバタしている間に、あっという間に約束の時間が迫ろうとしていた。

オリヴィアは客人を招き入れるべく、玄関ホールに赴く。離宮の前で、皇太子を歓迎する姿を見せた方がいいと判断したからだ。

けれど、外に通じる扉に手がかかりそうというところで、扉が外から勝手に開かれた。

「……え？」

思わず漏れた。嘘、ではないだろうか。

そこにいたのは、連絡もよこさなかったルークだった。皇太子との繋がりを作ってくれた彼から連絡がないのはどうしたことだろうと思っていたけれど。

「……ルーク」

彼の名を口にするのが精一杯。いろいろ言いたいことはあったはずなのに、全部消し飛んだ。

やっと会うことができた。最後に別れてから、まだひと月とたっていないというのに、こんなにも彼が恋しかったのだと思い知らされる。

「あの……皇太子殿下は？」

感動で胸がいっぱいになっているところだったけれど、先に皇太子に挨拶をしなければ。だが、ルークはそのまま後ろ手に扉を閉じてしまった。

「どういうこと？　皇太子殿下はいらっしゃらないの？」

ルークに会えた喜びよりも、不安の方が大きくなる。つい、言葉を重ねたら、ルークは笑った。

「オリヴィア、君にしては珍しいな。俺のこの服を見ても気づかないのか？」

「あなたの、服……？」

言われて、ルークの服に目をやる。白を基調にした盛装。白い服が、彼をより精悍《せいかん》に見せていた。

白に映える金の装飾、赤いマント、飾りのついた剣帯——まさか。目を丸くして視線を上げれば、ルークはにっと笑った。

「初めまして、オリヴィア・ウェーゼルク——ルーカス・オラヴェリアだ」

「……え？」

ルークの口から出た言葉に、思わずぶしつけな声が漏れた。

ルーカス・オラヴェリア——それは、皇太子の名前ではないか。オリヴィアがこんな表情をするのは珍しい。その様子がおかしかったらしく、ルークは笑った。

「待って、でも、あなたはブロイラード家の三男で」

「わかったわかった。そうせっつくな。すぐに話をするから——というか、ここに俺を立たせたままにするのがここの礼儀なのか？」

「そんなはずないでしょ、奥に来て」

先に立ち、奥へと案内しながら、帝国の皇太子ではなくルークに対応してしまったのに気がついた。今さら取り繕ったところで遅いけれど。

（私は私、ルークはルークだものね。なるようにしかならないわ）

腹をくくって、用意していた応接室へと入り、ソファを勧める。

向かい合って座ると、先に口を開いたのはオリヴィアだった。

「……どういうこと？」

そう問いかける声音が、われながらむくれている。

マリカとエリサは、そっと入ってきてテーブルにお茶や菓子類を並べたかと思ったら、そのまま静かに部屋を出ていく。これから先起こる事態に巻き込まれたくないと判断したらしい。

きっと、その判断は正しい。

（マリカとエリサは話を聞いていたのかしら？）

たしかに、マリカとエリサは、皇太子を迎える準備を一生懸命進めていた。きっとふたりも知っていた。知らなかったのはオリヴィアだけ。面白くない顔のまま、ルークの方に目を向けた。

「まず、俺の本名はルーカス・オラヴェリア。これは事実だ。ブロイラード伯爵家は母方の縁者で——夏の間だけ、訓練で魔獣討伐に参加していた。最初は一回だけのつもりだったんだ」

ルークの剣の才能は、皇帝も認めるところであったらしい。魔獣相手に鍛えたいというルークの申し出を受け入れたのは、ルークを信頼しているからだった。

実際、今まで大きな怪我をしたことはないから、皇帝の判断は間違ってはいなかったのだろう。皇太子を魔獣討伐に放り込むのが正しいのかどうかは別として。

「ブロイラード家の兄達は、はとこにあたる人達だ。俺のことは皇太子扱いせず、弟として扱うように頼んであった」

ブロイラード伯爵家の兄弟も、ルークのことを気に入った——というと語弊がありそうな気もするけれど、ブロイラード家に滞在している時だけは弟として扱ってくれたそうだ。

それはルークが自分自身を鍛えるためであり、家臣達がどのような状況で戦っているのかを身をもって知るためであることを彼らもよくわかっていたからだ。

「思っていた以上に、向いていたんだろうな——そして、出会ってしまったんだ。炎を操る魅力的な魔女に。俺より小さな身体で、自由自在に炎を操っていた姿に一目で魅せられた」

「魔女って、悪い言葉みたいだわ」

聖女と呼ばれるのも微妙だけれど、魔女も微妙だ。

オリヴィアは、自分の力を過信したことはないし、他の人から聖女と崇められたくもないし、魔女と恐れられたくもない。

「魔女という言い方は悪かったか？　だけど、最初から目が離せなかったのは本当のことだ。俺は、嘘はつかない」

初めて会った頃は、まだオリヴィアは十歳。

それでも、家を守るために城壁の上に立つことをいとわなかった。

細く小さな身体から繰り出される強力な魔術。戦いが終われば、薬や包帯を持って駆け回り、兵士達の手当てを手伝う。

つたないながらも、回復魔術で軽傷者の手当てをし、重傷の兵がいれば手を握って励まし、臨終の時を迎える兵がいれば、枕元で祈りを捧げてやり。

その姿が、ルークの目には鮮烈に映ったのだと彼は続ける。辺境伯家の娘が、そこまでする必要もないだろうと。

「本当なら、一度だけのはずだった。一度経験すれば十分だというのが、父上達の総意でもあった」

本来、そうしょっちゅう皇帝の息子が魔獣討伐に参加できるはずもない。

だが、ルークは両親を説得し、毎年春から夏の時期にかけては、ブロイラード伯爵領を訪れた。

ウェーゼルク辺境伯家の子供達と親交を深めている間、いつしかオリヴィアへの感情は明確な恋へと変化していたそうだ。

彼の気持ちの変化は、オリヴィアにもわかる。オリヴィアの気持ちもそうだったから。

（私も……いつの間にか惹かれていた。目が離せなかった。少しでも、一緒にいる時間を長くしたかった）

決まった時期しか会えない幼馴染。それでも、少しずつ、気持ちは育っていった。

「でも、あなたとは婚約の話まで出ていたのに、あなたが皇帝一族だなんて聞いていなかったわ」

「……それは、俺が正式に決まるまで内密にしておいてくれと頼んでいたからだ。圧力をかけるような真似はしたくなかった」

帝国からオリヴィアをよこせと言われれば、王国はそれを拒否できない。

だからこそルークは、オリヴィアにはなにも告げなかった。

「王家に正式に話を通す前に、オリヴィアや辺境伯には説明をするつもりだった。話があると言っただろう?」

「そうね。言っていたわ」

あの時のことは、忘れるはずもない。その少し前まで、人生最高の幸福を手にしたと信じていたのに。

あの時、ルークが皇太子だと知っていたら、ふたりの道は、分かれることはなかっただろうか。

「別れの時も言ってくれなかった」

「ただのルークにだって、会いに来るなとか手紙をよこすなと言っていたのに。皇太子だと知ったら、手紙すら受け取らないだろうと思ったんだ」

「それはっ」

だって、嫁いだばかりの頃は、オリヴィアだってグレゴールときちんと信頼関係を築きたいと思っていた。

あの時、ルークが皇太子だと知っていたら、きっともっと強く会いに来ないようにと主張していただろう。皇太子が他国の王妃に懸想しているなんて、洒落《しゃれ》にならない。紛争の火種になりかねないのだから。

「だから、時々様子を見に行くことにしたんだ。少しばかり、苦労はしたけどな」

「様子？」

「……出てこい。クー」

ポポッとよく知っている声がする。

どこに隠れていたのか、ルークのマントの内側から鳩が現れた。

オリヴィアとルークの間を、何度となく繋いでくれた鳩だ。この鳩がルークの言葉を届けてくれたから、オリヴィアは負けずにいられたのだ。

「その子、クーって言うのね」

名を知ったら溢れる気持ちが止められなくなりそうで、名を聞くことすらしなかった。ルークは幾度も手紙をくれたけれど、オリヴィアは、返事を書かないようにしていたし。

「ああ。俺の使い魔だ」

「あなた、使役魔術なんて使えなかったでしょうに。いつ、身に付けたの？」

「オリヴィアが結婚してから」

「……冗談はよくないわ」

オリヴィアは、半眼でルークを睨みつけた。

いくらなんでも、その冗談はひどい。使役魔術を身に付けるのにどれだけ苦労するのか、兄を間近で見ていたから知っている。

「冗談じゃない。エーリッヒに教わった。あいつも、俺がとんでもない速度で身に付けていくのに驚いていたぞ」

「お兄様が？」

オリヴィアは不得意なのだが、エーリッヒは使役魔術が一番得意だ。

契約している使い魔達と感覚を共有することもできる。

ウェーゼルク辺境伯家が、魔獣討伐の際に被害が最小ですむのは、エーリッヒが空から状況を確認し、的確な判断ができるからだ。

「使い魔と契約し、いうことを聞かせるだけじゃない。感覚の共有もできるようになった。オリヴィアを見て、声を聞いて——助けを求められたら、いつでも助けられるようにしていたつもりだ」

「——嘘でしょう！」

思わず立ち上がって叫ぶ。

使い魔と感覚の共有って、普通なら十年以上の修業が必要なのに。どれだけ使役魔術の才能に溢れているというのだ。

「嘘、それじゃ……」

だけど、みるみる顔が赤くなってしまう。

ルークは、使い魔と感覚の共有をしていた。

それは、つまり――オリヴィアがクーに聞かせていた言葉がすべて、ルークに筒抜けだったということである。

いろいろと愚痴を零したり、話を聞いてもらったりした。あまりにもタイミングよく相槌《あいづち》を打ってくれるとは思っていたが、まさかルークと感覚を共有していたとは。

「嘘でしょう……お願い、嘘だと言ってちょうだい……！」

両手で顔を覆ってしまった。

感覚を共有しているのなら、もっと早く言ってほしかった。そうしたら、あんな恥ずかしい発言はしなかったのに。

「でも、俺は嬉しかった。オリヴィアを取り戻そうと、改めてそう思った」

耳まで赤くなってしまっているオリヴィアに、ルークは重ねてそう言った。オリヴィアはそっと顔を覆っていた手を外してみる。

(だって、あんなこととか、こんなことまで聞かれていたわけで……！）

ルークを愛しているのは本当。だけど、こっそり鳩に告げたつもりがまさかの本人に筒抜け。穴があったら入りたい。

「オリヴィア。俺の気持ちは変わっていない。オリヴィアは？」

「わ、私は……いえ、まだ言えないわ。だって、私はこの国の王妃だもの」

なぜ、ここまで意地を張っているのだろうと自分でも思う——でも。

グレゴールとはまだ、夫婦。たとえ書類上のことだけで、初夜をすませていない以上いつだって解消できるものだとしても。

だからこそ、今はまだ言えない。

「それで、いつ公表するの？」

「俺を歓迎してくれるそうだ。お返しはしないといけないな」

テーブル越しに身を乗り出し、ルークはオリヴィアの頬に手で触れた。

「最高の戦闘服で頼む」

「任せて」

今度こそ、堂々とルークの隣に立つために。最高に美しい戦闘服を用意して大舞台に臨もう。

長旅をしてきたアードラム帝国皇太子は、ひと晩ゆっくりと休んだ。

翌日は、グレゴールと様々なことを話し合ったらしいけれど、王妃であるオリヴィアは、そこに参加を許されていない。それがこの国におけるオリヴィアの扱いを明確にしているのに、グレゴールは気づいているのだろうか。

いざ、皇太子を歓迎する場となり、グレゴールと顔を合わせたのは、大広間の扉の前だった。招待客達は、すでに中で待っている。

グレゴールは、オリヴィアの装いを見て、目を瞬かせた。

「お待たせいたしましたわ、陛下」

まったく悪いと思っていないので、謝罪の言葉は口にしない。にっこりと微笑んでおく。

オリヴィアの顔を見て、グレゴールは目を見開く。あまりにも装飾品の数が多すぎて、目がくらんでいるのだろうか。

過剰なまでの宝石達は、オリヴィアがこの国最高の女性であると喧伝するためのものであるのだが。

今日のために選んだのは、ダミオンが献上してきた布で仕立てたドレスだった。いや、ダミオンを経由してルークが届けてくれたのだろう。

『最高の戦闘服で』というルークの言葉。その意味がわからないようでは、ルークの隣に立つことはできない。

身にまとうのは深紅のドレス。オリヴィアの金髪を最大限に美しく引き立てるよう計算され尽くした色合いだ。

侍女長に最高の針子を手配させ、縫い上げたドレスは素晴らしいの一言に尽きた。上半身はオリヴィアの身体の線をくっきりと浮かび上がらせる身体に密着した作りだ。

大きく開いた胸元は、黒のレースで飾られている。首までレースで飾られているというのに、その下から白い肌が透けて見えていて、あらわにしているよりも逆に艶っぽい。

スカートは、薔薇《ばら》の花弁を伏せたかのように優雅な襞《ひだ》を幾重にも描いている。ところどころに襟元と同じ黒いレースが飾られているのが、心憎い演出だ。

髪は結い上げ、そこに飾るのは黄金の髪飾り。ずっしりとしたティアラは、オリヴィアが『王妃』である証。

身に着けるのは、黄金の台座に、ダイヤモンドとガーネットをあしらった一揃いの装身具。耳飾りも首飾りも腕輪も、最高級品質の宝石で飾られている。

この一揃いで、オリヴィアに与えられている王妃の予算一年分だ。おそらく、会場内で一番高価な品を身に着けているのはオリヴィアだろう。そして、愛用の扇。

「オリヴィア――その宝石は」

「いただきものです。せっかくですから、今日、お披露目しようかと」

オリヴィアの宝石から目が離せない様子のグレゴールに向かって、またもやにっこり。グレゴールだって、これほどの宝飾品は持っていないに違いない。

これまたダミオンを通じてルークが贈ってきた品である。最高の戦闘服に最高の防具。攻撃に使う剣は、オリヴィアの舌があればいい。

「さあ、陛下。参りましょう」

きっと、今のオリヴィアは最高に美しい微笑みを浮かべている。

（ここまで、ずいぶん遠回りしてしまったわね）

ルークへの気持ちを、封じてしまおうと思った五年前。

なんとかグレゴールとうまくやっていこうとし、裏切られ続けた三年間。

ルークと再会し、シェルトと出会い――グレゴールを捨てると決めてこの二年、できる限りの努力は続けてきた。

これで最後だと思うと、どうしても気分が高揚してくる。

「……ああ」

そんなオリヴィアをどこかいぶかしがっているような表情をしながらも、グレゴールはめんどくさそうな様子を崩さず、オリヴィアに腕を差し出した。

「国王陛下、王妃陛下、ご入場でございます」

侍従が、国王夫妻の到着を声高に告げる。奏でられていた音楽が、国王の威厳を表現するものへと変化した。

オリヴィアは視線を痛いほどに感じながら、グレゴールに連れられてゆっくりと歩む。

（そう言えば、公の場に出るのは久しぶりだったわね）

ちらりと目を向ければ、オリヴィアに魔獣討伐を依頼してきた貴族達もいる。彼らもまた、オリヴィアに目を奪われているようであった。

贅を尽くしたあれこれが、オリヴィアをより美しく見せているようだ。このドレスにして本当によかった――と思いながら、定められた位置に立つ。

やがて、後ろに多数の供を引き連れたルークがやってきた。本当ならルーカスと呼ばねばならないのだろうが、オリヴィアにとってルークはルークである。

今日の彼は、黒を基調とした帝国の正装だった。金と銀の刺繍がまぶしい。オリヴィアを見ると、唇の端をわずかに上げた。

それを見られる位置にいるのは、グレゴールとオリヴィアだけ。だが、不意打ちで投げられた笑みに、ドギマギとしてしまって視線を落とす。

「ルーカス・オラヴェリアである。魔獣討伐への協力に、我が国からの感謝の意を表しに来た」

「な、なに……わが国でも、魔獣の跋扈《ばっこ》は問題となっていたのだ。そこまでのことでもない」

堂々としているルークに対し、グレゴールの方は虚勢を張っているのが丸わかりである。だが、これからが大切なのだ。

オリヴィアは息をつめた。心臓の音が、耳の奥でやかましくなり響いている。オリヴィアが自由になるまでもう少し。あともう少しなのだ。

「そうそう、もうひとつ、話があったのだ――いや、ひとつ、ふたつ、三つか？」

わざとらしく指折り数え、ルークはグレゴールをまっすぐ見据える。そして、息を吸い込んだかと思うと、広間中に響き渡るような大声で宣言した。

「我が最愛の婚約者、オリヴィア・ウェーゼルクを返してもらいたい！」

あまりの大声、そして衝撃の内容に、広間はしん、と静まり返った。

グレゴールは目を見開き、口をパクパクとさせている。ルークの言葉が、まったく理解できていないようだ。

（こ、こういう展開にするつもりだったの……？）

グレゴールの罪を暴くとは言っていたけれど、まさかオリヴィアとの婚約が真っ先に出てくるとは思っていなかった。

「こ、婚約者……」

「そうだ。貴国がオリヴィアとの縁談を申し入れてきた時、私とオリヴィアの間には結婚の約束ができていた。まだ正式に話は決まっていなかったため、イリアーヌ国王の王命で引き裂かれることになったがな」

いくら帝国が強大といえど、他国の政策に口を挟むことはできない。

だから、あの時は、オリヴィアが嫁いでいくのを黙って見ているしかなかったとルークは続ける。

嫁いだあと、オリヴィアの幸せを祈り続けていたが——オリヴィアに対するグレゴールの扱いを知った。放っておけないと思ったのだとルークは言葉を重ねた。

この時になって、ようやくグレゴールはオリヴィアと自分が結婚していることを思い出したらしい。

「だ、だが、彼女は私の妃……オリヴィア・ウェーゼルクではなくオリヴィア・ベリンガーである」

「よく言う」

グレゴールの反論を、ルークは鼻で笑った。

「結婚はまだ成立していないだろう。一度も彼女と床を共にしていないのだから」

「なぜそれを知っている！」

結婚式の翌日には、オリヴィアを離宮に押し込めた。

オリヴィアと彼が顔を合わせるのは、公式の場だけ。グレゴールは、離宮を訪れたことすらない。これで、結婚していると言えるのだろうか。

「それは、証人がいるからだ」

ルークが手で合図すると、出てきたのは侍女長であった。

最初の頃はオリヴィアを虐げていた彼女であったが、どちらにつけば自分が有利なのかと見極める目は持っていたらしい。

王妃に与えられる予算の半分という飴、実家の家族を人質に取られているという鞭。その飴と鞭で、すっかりオリヴィアの操り人形と化していた。オリヴィア個人に忠誠を誓っているわけではないが、こういう時に頼りになる人材であるのは間違いがない。

「わたくしが証人でございます、陛下。わたくしだけではなく、離宮で働く者全員が証言することでしょう。陛下は、結婚したその日の夜、すぐにご自分の寝室へとお戻りになりました。王妃陛下が離宮にお移りになって以来、おいでになったのは一度だけです」

「お前、裏切ったのか？」

グレゴールが侍女長を睨みつけるが、彼女は平然と頭を下げる。そして、必要な証言をすませると、するすると引き下がっていった。

「婚姻が成立していないのだ。オリヴィアが、ここにとどまる理由はない」

「オリヴィア！　お前、俺を裏切って皇太子と密通していたのか？」

グレゴールが、オリヴィアを睨みつけた。彼に睨まれたところで、痛くもかゆくもない。繁殖期前後に暴れまわる魔獣達の方がよほど厄介で恐ろしい。

「あら、陛下。私は密通なんてしていませんわ。お目にかかったことはありますけれど」

ルークと顔を合わせることはあったが、会話を交わす以上のことはなかった。どれだけ気持ちが溢れそうになろうとも。愛人とよろしくやっていたグレゴールに責められなければならないようなことはしていない。

「私は、陛下と信頼を築くつもりではありましたのよ。嫁いできた当初は――でも、陛下は私より愛人を大切になさっていた」

不本意ながらも、懸命に調えた嫁入り支度。家族に二度と会えないと心に誓って、ここまで来た。

結婚したその夜に、オリヴィアの信頼を拒んだのは、グレゴール本人である。

「陛下と向き合おうと努力しました。二年の間――報われなくても、もう一年頑張ろうと思いました。嫁いだ以上、陛下に従うべきだと思っていましたから」

それでも、グレゴールとの溝は埋まらなかった。いや、グレゴールの方が、オリヴィアが埋めた分をせっせと掘り返していたのだ。ふたりの距離が縮まらなかったのも当然だ。

「でも、私は知ってしまいました。陛下が民には目もくれていないということを。この国が滅びへの道を歩んでいるということを。それを知ったのは、二年前のことです。それ以来、私は変わりましたの」

オリヴィアのほっそりとした指が、すかさず近寄ってきたマリカの持つ銀のトレイから、一枚の書類を取り上げた。

「陛下、これは陛下が国費を流用していた証拠です。流用して、贅沢な暮らしを送っておられましたね」

豪華な衣服、宝石、大人数を集めてのパーティー。彼の飲む酒一本にどれだけの金銭が必要なのか、きっと彼は把握していない。

「そして、ケイト・ピラール。あなたも同罪ですよ」

忌々しそうに王妃の正装でグレゴールの隣に立つオリヴィアを睨んでいたケイトは肩を跳ね上げた。

「わ、私が、なにか……？」

「あなたは、稀有な回復魔術の才能を持ちながら、魔獣討伐の場には赴かなかった。それはかまいませんが、回復魔術の使用に、必要以上の高額寄付を求めるのはよくありませんね」

「それは、当然のことでしょう？　私は、私の才能に対価を求めただけです」

「――そう？　あなたの身に付けている品はすべて、国費を流用してグレゴールが贈ったものです。それについては言い訳できませんよね」

これは、マリカとエリサの調べである。特にエリサは、役人達の間に潜り込み、上手に情報を集めてくれた。きっちり証拠は固めてある。言い訳なんてさせない。

「こ、これはいただきもので……」

自分の胸に手を当て、自分は無実なのだと主張してくる。それもまた、無駄なことではあった。

「そうですか。ですが、それについても、返還を求めますね」

そうオリヴィアが口にした時、ケイトははっと気がついたように口にした。

「あ、あなたに返還を求められる理由はないわ！　だって、あなたは王妃ではないのでしょう？　私は聖女よ！　私のために寄進されたものを使ってなにが悪いというの！」

オリヴィアの頬を叩こうとしたのか、ケイトは右手を振り上げた。オリヴィアはひるむことなく、ケイトを見据える。

「たしかにオリヴィアはこの国の王妃ではないが、この国の王族に依頼をされて動いていただけだ。返還を求めているのはオリヴィアではなく、この国の王族だ」

素早くオリヴィアとケイトの間に、ルークは身体を割り込ませてくる。ケイトが手を上げたところで、オリヴィアにかなうはずもないのだけれど。

だが、ルークがそうやってオリヴィアを守ろうとしてくれたこと、嬉しいと思ってしまうのだから単純だ。

（守られなければならないほど、弱いわけでもないけれど……）

それでも、嬉しい。ルークがオリヴィアを気遣ってくれるのが、こんなにも嬉しい。

「それだけではありません。あなたは、私を殺そうとした」

「殺そうとしたことなんて……私に罪を着せようというの？」

ケイトが、髪を振り乱して叫んだ。聖女という彼女の地位からは、考えられない振る舞いだ。

オリヴィアは、扇をケイトに向かって突きつけた。

「私を、毒殺しようとした犯人を捕らえてあります。彼は、あなたから依頼されたのだと証言

しました」

薬草茶に毒物を混ぜて、オリヴィアを殺そうとした回復魔術師。彼は、拘束されたまま、この場に引きずり出された。

「証言いたします。私は、ケイト・ピラールに頼まれ、王妃陛下を殺そうとしました」

「嘘よ！　その男が嘘をついているの！」

なおもケイトは叫ぶ。

「嘘ではない！　毒物も押収した。この男は罪を認めているぞ！」

ルークがケイトの声にかぶせるように叫んだ。彼の声の迫力に、ケイトは言葉を失う。

「黙れ！　帝国が我が国のことに口を挟むべきではない！」

「……陛下、それまでです」

「侯爵、お前っ！」

なおもグレゴールがわめきたてた時、静かに間に入ってきたのはダンメルス侯爵であった。

グレゴールを王に押し上げたのは、彼である。だが、今の侯爵の言葉はグレゴールを見放したと宣言したも同然だった。

「オリヴィア様の扱い、イリアーヌ王国が攻め込んできても文句は言えませんぞ。陛下を支持したことを、幾度後悔したことでしょう」

静かに続く、ダンメルス侯爵の言葉。

振り上げかけた拳を、どこに持っていったらいいものか、グレゴールもわからないようだった。

「侯爵……お前、裏切ったんだな」

「陛下を最後まで支持したいと、そう考えておりましたよ。あなたが、民に目を向けてくだされば、ですが」

ダンメルス侯爵は、どこまでも静かだった。そして、彼は目を閉じる。

「この国には、新しい風が必要です。そして、その風は、オリヴィア様が見つけてくださいました」

彼が視線を向けた先には、シェルトの姿。この場にふさわしく、王族の正装に身を包んだシェルトは、緊張に強張った顔を見せながらも、静かにそこに立っていた。

シェルトのその表情に、グレゴールは唇を引き結ぶ。離宮に追いやったきり、見向きもしなかった異母弟の成長を、彼はその時目の当たりにしたようでもあった。

「ケイト・ピラール。そなたは、聖女としての地位をはく奪される」

「なんですって？」

ルークの言葉に、ケイトは叫んだ。ケイトほどの回復魔術を使える者はそういない。地位をはく奪されるなんて、考えてもいなかったのだろう。

「そなたの処遇は、神殿に任せることになる。神殿が、どのような判断を下すのか――そこに、我々が関与することはない」

「そんなの嫌よ！」

ケイトは悲鳴をあげたが、ルークの合図で出てきた兵士達が、あっという間に彼女を拘束してしまう。

「お前は、神殿に行くことになる。そこで、お前の力を役立てるがいい」

「私は、神殿に収まるような女じゃないわ！」

かつて、聖女と崇められていたはずなのに、今のケイトの顔は醜くゆがんでいた。兵士達に引きずられていく間もケイトはわめき続け、その声は彼女が部屋から連れ出されてもなお響くほどだった。

ケイトを見送り、オリヴィアは息をついた。

「グレゴール、お前を王座から追放する。それが、民のためだ」

ルークが鋭い声で宣言する。

この時を待っていた。

ゆっくりとグレゴールの方に向き直る。グレゴールは、表情の抜け落ちた顔でオリヴィアを見ていた。オリヴィアが反撃するなんて、まったく考えていなかったのだろう。

「離婚、いたしましょう、陛下。いえ、最初から婚姻は成立していなかったのです。ですから、私がここにとどまる必要はありません。これで、失礼させていただきますわね？」

それはもう最高の笑みを浮かべ、オリヴィアはスカートに手をかけた。右足を一歩引き、丁寧に一礼する。

受けた屈辱も、心を踏みにじられた悔しさも、最初から受け入れてもらえなかった虚しさも全部ここで忘れてしまおう。

グレゴールの目が、初めてオリヴィアを真正面から捉える。そこに込められている感情がなんなのかわからなかったけれど、興味は持てなかった。

それにはもう一度笑みを返し、オリヴィアはルークへ手を差し出した。

オリヴィアの目には、グレゴールなどまったく映っていない。

「行きましょう。迎えに来てくださったのでしょう？」

「ああ。行こう」

長かった。ここまで本当に長かった――けれど。

この国の膿《うみ》は、出せる限り出した。やるべきことはやった今、心穏やかにここから出ていくことができる。

ルークと並んで歩くオリヴィアの前で、通り道にいた人達がさっと左右に分かれていく。その中央を歩きながら、今までの努力が報われたような気がした。

愛されなかった王妃の退場は、華麗に鮮やかにそして艶やかに。

この場に居合わせた者はすべて、今日という日を忘れることはないだろう。

第八章　あなたの愛など、望んだことはありません

グレゴールとケイトの処置について決着がつくまでの間、ルークとオリヴィアはこの国に滞在していたが、ついに帝国に向かう日がやってきた。

「オリヴィアお義姉様、いいえ、もうお義姉様とは呼べませんね。最初からお義姉様でもありませんでしたし」

シェルトが悲しそうな表情になった。オリヴィアはシェルトの肩にそっと手を置く。この二年、シェルトと深くかかわり合ってきた。どれだけ努力を重ねてきたか知っているから、グレゴールと半分血が繋がっていても、シェルトを憎む気にはなれない。

「いいえ、殿下――いえ、もう陛下ですね。陛下は、私にとって可愛い弟でした。殿下がお嫌でなかったら、姉と呼んでくださいな」

「お義姉様……！」

「それなら俺は義兄だな」

感極まった様子のシェルトの頭に、ルークもまた手を置いた。

「お義兄様！」

しっかりしているように思えるのだが、シェルトは時に子供らしい表情を見せることがある。

もう十五歳。この国では立派に成人している年齢になったというのに。

「兄が増えるのは嬉しいです」

はにかんだ様子で微笑むシェルトを見ていたら、なんだってしてやりたくなってしまう。実家にいる実の弟に向けるのとはまた別の感情だ。

「お母上は、あのままでよろしいのですか？」

「ええ。母は、自分が罪を犯したことには変わりがないから、と」

オリヴィアの問いにいくぶん悲しそうな表情になりながらも、シェルトはきっぱりとうなずいた。

シェルトの母である先代王妃は、離宮で暮らすことを望み、表舞台にはこのまま姿を見せないつもりだそうだ。いくらグレゴールが先に動き、殺されそうになったとしても、人を集め、兵を挙げたのは事実だから、と。

（……あの方らしいわね）

もし、グレゴールが先代王妃ときちんと向き合っていたとしたら、この国はもう少し違った道を歩むことになったかもしれない。シェルトを手にかけようとしなかったら、先代王妃はグレゴールを王として認めるつもりはあったのだから。

いや、そんなこともないだろうか。グレゴールにとって大切なのは自分ひとり。ケイトでさえも、彼からすれば、駒でしかなかった。

きっとこの国はこの結末を迎えるのが一番いいのだろう。

「おふたりの結婚式の時には、お祝いに行きますね」

「ええ。招待状を出しますね。それと、もうひとりの弟をよろしくお願いいたします。陛下の側近として役立ててくださいませ」

「オリヴィアお義姉様の弟ですからね。きっと頼りになるでしょう」

寂しさを振り払うようにシェルトは笑みを作った。

実弟のアントンは、シェルトの側近としてこの国に来ることになった。シェルトが曲がった方向に行かないよう、監視も兼ねているらしいが、きっとふたりはうまくやっていける。

シェルトの側近となるだけでなく、護衛を兼ね、この国の若い貴族達の中から将来の側近を育てていくのだという。

どうか、この国の未来が明るいものでありますように。そう願わずにはいられない。

「兄上とも、もっとお話をしたかったのですが」

シェルトがしょんぼりとした表情になったのは、グレゴールとは話もできないままだからだ。

血の繋がった兄はグレゴールただひとり。思うところはいろいろとあるのだろう。

「わかってくれるといいが――どうだろうな」

「いつかはわかってくれると僕は信じています」

シェルトは、半分以上性善説でできているようだ。グレゴールの改心を願うシェルトとは対照的に、オリヴィアとルークは渋い顔である。グレゴールが悔い改めることはなさそうな気がする。

「グレゴールはどうしているんだ？」

「牢屋《ろうや》に入ってもらいました――ええと、離宮を牢屋として改造したんですけど」

自分が比較的高待遇だったからか、シェルトはグレゴールを過酷な環境に置く気にはなれない様子だった。

もうひとつの離宮を牢として使うことになっている。グレゴールが使用するのは、そのうちの最上階。監視付きなら、屋上に出られるそうだ。

日の光に当てなければ健康を害することになるから、大切に扱うつもりはあるということだ。きっと、グレゴールは不満だらけだろうけれど。

「神殿の改革もこれからだしな。忙しくなるぞ」

「頑張ります。ダンメルス侯爵もいるし……いつまでもいてくれるとは限りませんけど」

ダンメルス侯爵は引き続き側近としてシェルトを支えるようだ。オリヴィアの弟のアントンとももう顔合わせはすんでいるが、なんとか協力していくことはできそうだ。

もっとも、最初にグレゴールを推したことを悔やんでいること、シェルトに与したのはグレゴールに対する裏切りであることから、要職にとどまるのは最長でもあと五年。国が安定したら引退すると決めているらしい。

（ダンメルス侯爵は、この国のことをとても心配していたけれど――）

侯爵は、ある意味、公正であろうとした人だった。彼が表舞台から去るのはこの国にとって大きな損失だが、いつまでも彼に頼っていられないのも事実である。

五年の間に、シェルトはこの国をまとめ上げねばならない。それはこれからのシェルトに与えられた課題だ。

「神殿と言えば、ケイトはどうしているんだ？」

「ああ、あの方でしたら」

たぐいまれな回復魔術や、結界魔術を行使することから「聖女」と呼ばれるようになったケイトであるけれど、彼女はその能力を私利私欲を満たすためにしか使わなかった。

彼女にとっては自分の才能を生かしただけだったのだろうけれど、それならば神殿と癒着し、聖女という称号を得るべきではなかった。

「あの方も、兄が国庫から横領しているのは知っていましたからね。今は、新しくなった神殿で頑張っているところです」

と、シェルトは説明してくれた。

大きな改革の手が入った神殿は、本来の役割を取り戻しつつある。神殿預かりとなったケイトは、必要な人に必要なだけの回復魔術をほぼ無償でかけているそうだ。

贅沢を知ってしまった彼女が今、どう感じているのか気にならないと言えば嘘になるけれど、それもまたオリヴィアの関知するところではない。

この国は、この国なりの道を歩いていかなければならないのだから。

「お元気で、お義姉様。再会を楽しみにしていますわ」

「殿下も。殿下の進む未来が明るいものでありますように」

「シェルトならできるさ。困ったことがあったら、いつでも呼べ。すぐに駆けつけてやるから」

ルークは、シェルトが可愛くてしかたがないらしい。今もぐりぐりと彼の頭を撫でまわしている。シェルトの方も満面の笑みでそれを受け入れていた。

アードラム帝国とストラナ王国。それぞれ次の代になったとしても、きっと両国の良好な仲は続いていくのだろう。そこにイリアーヌ王国も加わることとなる。

未来は明るい――オリヴィアはこの時、そう確信していた。

＊　＊　＊

『離婚、いたしましょう、陛下。いえ、最初から婚姻は成立していなかったのです』

耳の奥に残るのは、オリヴィアの声。

三年の間姿を見せることのなかった彼女は、グレゴールが知る誰よりも、ケイトよりも美しかった。

赤いドレスがよく似合っていた。黄金とダイヤモンド、ガーネットを惜しみもなく使った装身具も彼女の輝きを引き立てているようだった。

今まで側にいた女性達とは違う力強い輝き。それは、彼女の持つ力をそのまま見せつけているようでもあった。

——一目で、恋をした。五年前結婚した彼女に。

けれど、彼女はグレゴールに見向きもしなかった。投げかけられたのは、グレゴールに対してなんの感情も持っていない無表情。

そして、暴かれていくグレゴールの罪。なにが、罪だというのだろう。

この国は彼のもの。彼が好きにしたってかまわないはずなのに。

『グレゴール、お前を王座から追放する』

そう告げられた。おかしいだろう。ありえない。

なぜ、他国の皇太子がグレゴールを追放するというのだ。

——笑っていた。

オリヴィアは、あの男の隣で笑っていた。それはもう幸せそうに。去り際に見せた一礼の美しさが頭から離れない。

グレゴールを追い払い、王座についたのはシェルト。あの時殺しておけばよかった。

情けをかけた結果がこれだ。

魅力的に見えていたケイトも、グレゴールを捨てて神殿に赴くという。

グレゴールには、なにも残っていない。残されていないのだ。

ぐるぐると頭の中で回るのは、恨みの念。

そして、後悔。もっとうまくやればよかった。オリヴィアを側に置いておけば、まだ王座に座っていることができただろうに。

窓の外に視線を投げれば、ちょうどオリヴィアが乗っていると思われる馬車が出ていくのが遠目に見えた。

もし、あの時。

結婚を迎えたあの日に、きちんとオリヴィアと向き合っていたならば、グレゴールはまだ自由でいられたのではないだろうか。

あの日だって、オリヴィアの美しさには気づいていた。押し付けられた花嫁なのだから、オリヴィアの方からグレゴールの愛を乞うべきなのだと妙な意地を張らなければ、今頃は……。

幾度目かもわからない後悔のため息をつく——いや、後悔しているだけではだめなのだ。自分のものを取り返すためにはどうすればいいのかを考えなければ。

＊　＊　＊

ルークと向かい合って座る馬車の中。

どうにも居心地が悪いというか、くすぐったいと言うか。侍女達は気をきかせて別の馬車に乗り込んでしまい、ここにはふたりしかいないからなおさらだ。

「長かったわね」

居心地の悪さをごまかすみたいに、窓の外に目を向ける。

今はすっかり馴染となった王都の景色。これで見納めになると思うと、感慨深い。

（離宮をこっそり抜け出して、王都中を走り回ったわよね）

この地に支店を設けたウィナー商会にはずいぶん世話になった。

トリットとの出会いは幸運だった。彼のおかげで、犠牲者の数を大きく減らすことができた。

民の不満に耳を傾けるために、しばしばマリカやエリサと共に外に出た。好みの料理を出してくれる飲食店も、新鮮な食材を安く入手できる食料品店も皆覚えている。

「熱心に外を見ているんだな」

「そうよ。もう来ることはないでしょうしね」

この国には、王妃として来たけれど、この国に根を下ろそうという気持ちは失われてしまった。離宮で暮らしていた間もずっと、間借りしているような気分であったのは否めない。それでも、この地で五年暮らした。この地にもオリヴィアの生活していた痕跡はたしかに残っているのだ。

「最初に来た時は、とても豊かな国に嫁ぐことになったのだと思ったの」

店先にはたくさんの商品が並んでいて、道を行きかう人達は皆幸せそうで。

若い王を支えて、この国をますます盛り立てていかねばならないのだと自分に言い聞かせながら、馬車の中からこの景色を眺めていたことを思い出す。

すぐにその光景が見られるのは表だけ。一歩裏道に入れば、表からはじき出された人達が暮らしていることに気づいた。

手を伸ばしても救うことができるのは、ごくわずかな人だけ。

「それから、グレゴールにこの国を任せておいてはいけないと思った」

シェルトに会いに行った時には、ルークも一緒だった。彼も、その目でシェルトの資質を確認し、そして、シェルト自身立ち上がることを望んだ。

「故郷のようだとは思えないし……この国を思い出す時には、きっと痛みを感じるのだろうけれど」

オリヴィアにも後悔がないわけではない。

もっと上手にグレゴールと向き合うことができたなら、違った道もあったかもしれない。

彼を愛したことなどないし、彼を愛さなかったことを後悔しているわけでもない。

だが、きっとこの国のことを思い出す時には、オリヴィアは常にわずかな痛みを覚えるのだろう。オリヴィアは、オリヴィアにできる限りのことはしたけれど――それでも。

「――オリヴィア」

向かい側から、ルークが手を伸ばしてくる。オリヴィアの手に、彼の手が重ねられた。

こうやって、手を取り合うのもずいぶん久しぶりだ。グレゴールと結婚していた間は、互いに距離を取っていたから。

ルークの手の大きさを改めて感じ、胸がいっぱいになる。

一度は離すしかなかった手。まさか、もう一度この手を取ることになるなんて。

「……これを」

ルークが取り出したのは、一度受け取ったものの、返すしかなかった指輪だった。ルークの目と同じ色の石が、オリヴィアの目にはまぶしく映る。

「ずっと、持っていたの？」

「まあな。いつか、オリヴィアが自由になったら、その時にはもう一度結婚を申し込もうと思っていたし。先祖代々受け継いだものだし……お守りになる気がしたんだ」

あの時に戻ったような気がした。ウェーゼルク辺境伯領の城壁。

ルークが結婚を申し込んでくれて、オリヴィアはそれを受け入れた。眼下に広がる景色、頬を撫でる風の感触までもがありありと思い出されてくる。

胸がいっぱいになりすぎて、あの時は上手に発することのできなかった言葉が、口から零れ出た。

「ルーク、あのね。私……あなたを愛しているの」

「知ってるさ」

左手の薬指に、指輪がはめ込まれる。ずしりとした重さは、久しぶりに感じるもの。ルークの気持ちそのものを身に付けているみたいだ。いつの間にか大きさも直されていて、指にぴったりだった。

「私、すごく幸せだわ」

「……俺も」

ふたりで肩を寄せ合っているだけ。なのに、こんなにも胸が温かくなってくる。ずいぶん遠回りしてしまったけれど、ようやく戻ってくることができた。

これからは、ふたりで手を取り合って進んでいこう。改めて強く、そう思った。


帝国の人達に受け入れてもらえるか心配だったけれど、帝国でのオリヴィアの立場はさほど悪いものでもなかった。思っていた以上に歓迎されて、逆に戸惑ってしまうほどだ。

「五年もの間、苦労したのね……どうか、これからは幸せになってちょうだい」

オリヴィアの手を両手で包み込むようにしてくれたのは、皇妃である。

「我が国に、そなたを悪く言う者はいない。いたとしたら、すぐに連絡をくれ」

と、にこにことしてくれたのは皇帝だ。歓迎してもらえるのはありがたいのだが、どうしてここまでという気持ちも拭えない。

（ルークってば、私のことどんな風に話をしていたのよ……！）

本当なら、ルーカスと呼ばねばならないのだろうけれど、オリヴィアにとってはルークである。頭の中ではつい愛称で呼んでしまう。

「ルーク、いえルーカス様は……五年の間ずっと私を助けてくださいました」

使役魔術を根性で覚え、何度もストラナ王国まで様子を見に来てくれた。覚悟して嫁いだとはいえ、ルークからの手紙がなかったらくじけていたかもしれない。いや、きっとくじけていた。

「なに、そなたのことを愛しているというのだ。ならばしかたあるまい」

「父上、そこまでにしておいてください。オリヴィアが困っているではありませんか」

ルークが間に割り込んできて、さりげなく皇帝とオリヴィアの距離を離した。

ルークからの愛はたくさん受け取っているけれど、他の人からも聞かされてしまえば、顔が赤くなってしまうのはどうしようもない。

それからルークの両親は、ふたりで仲良くやっていくようにと告げ、対面の時は終わりとなる。ふたりの前から退出し、オリヴィアはほっと息をついた。

「緊張していたみたいだな？」

「当然でしょう？」

ルークがにやにやしているのが、なんとなく悔しい。帝国の皇帝夫妻に会うのだから、緊張したって当然ではないか。それ以前にルークの本当の両親と会うのだ。緊張しなかったらどうかしている。

「おふたりが、私を拒まないでくださったからほっとしたわ」

「拒むはずないだろう。俺の大切な人なんだから」

「……また、そういうことを言うから」

耳まで熱くなってくるのは、もうどうしようもないのだろう。

ルークは、惜しまず愛の言葉をささやくようになってきた。きっと、オリヴィアの反応を面白がっているのだろうけれど、慣れることはできそうにない。

彼がこんなにも甘くなるとは想像もしていなかったから、どう反応したらいいものかわからなくなる。

「なにを笑っているの？」

「いや、オリヴィアがここにいると思ったら、本当にいると思ったら――」

背中に腕を回されて、強く抱きしめられる。不意打ちの愛情表現に、オリヴィアも息が止まりそうになってしまった。

背中に回された腕の力に、ルークの気持ちがこもっているみたいだ。

「今まで大変だった分、まずはゆっくりと過ごそうな」

「大変だったのは、あなたも同じでしょう？」

一度は別れを納得したはずだったけれど——それでも。五年は長い。

まずは、ふたりでゆっくりお茶を飲んで。それから、天気のいい夜には星を見に行こう。

帝国の人達とも顔を合わせて話をして、オリヴィアを受け入れてもらえるように、交友の輪を広げていかなければ。

「私にできることがあったら、なんでも言ってね？」

「だから、それは必要ないって。今、オリヴィアに必要なのは休暇なんだから」

なにをしても、ルークと一緒ならきっと楽しい。

近いうちに兄達もこの国に到着するはずだから、家族でゆっくり過ごす時間を取ろう。

これからは、幸せな時が待っている。

——そう思っていたのに。

現実は、オリヴィアが思っていなかった方向へと進むものらしい。

ルークに付き合ってもらって、今日学んだことのおさらいをしていたら、急ぎの使者がやってきた。ルークから事情を聞いたオリヴィアは、眉を吊り上げる。

「グレゴールが脱走したですって？」

「ああ、離宮は厳重に警戒していたはずなのだがな——なにが気に入らなかったんだか」

「やっぱり、アントンに任せるのは早かったかしら。シェルト陛下には、もっと経験を積んだ側近を何人もつけた方がよかった？」

弟はよくやってくれるとは思うけれど、やはりまだ早かっただろうか。グレゴールを逃がしてしまうだなんて。

「いや、ダンメルス侯爵もいるんだ。侯爵の手が回っていなかったということだろう」

あの国は、ダンメルス侯爵に頼りきりである。それを改善しようとしていたはずなのだけれど、手が届かない部分はどうしたって出てくる。

ダンメルス侯爵の腕だって、政すべてを抱え込めるほどは長くないだろう。

「それに、アントンはまだ修業中だろう？　彼に責任を負わせるのは違う」

「それは、わかっているのだけれど」

シェルトと年齢が近いアントンは、側近として頑張っているはず。だが、たしかに彼は若い。彼の経験不足を責めるのは違う。責められるべきは、シェルトを支える人材を集めきれなかった大人達の方だ。

「手配書を回して、探しているところだ」

「再起をかけて、兵を挙げるつもりなのかしら？　彼に協力する貴族がいるとも思えないけれど……」

グレゴールが王だった時代は彼に従っていた貴族達も、今はシェルトに忠誠を誓っているはずだ。シェルトは徹底的な改革を行い、グレゴールの時代に甘い汁を吸った者は厳重に処罰し、力を奪ったと聞いているが、全員を排除したわけではない。

「だが、シェルトに不満を持っている者も多いだろう」

「二年かけて改革を進めてきたつもりではあるけれど、どこにだって不満を持つ人はいるでしょうね」

そんな不満を持つ者が、グレゴールと手を結んだとしたら。彼を離宮から脱走させるのも不可能ではないかもしれない。

「やっぱり、足の一本でも切って地下に監禁するべきだったたか。離宮をひとつ与えたのが、失敗だった気がする。いやいっそ、処刑しておいた方が」

ルークが物騒な表情になる。だが、グレゴールはシェルトを離宮に閉じ込めるだけでよしとした。シェルトがグレゴールを処刑したならば、「自分は命だけは救ってもらったくせに異母兄は処刑するのか」と、民に悪い感情を抱かれてしまうだろう。

シェルトも、たったひとりの兄を厳罰に処する気にはなれなかったのだからしかたない。

「今からでも間に合いますが」

「見つけ次第殺るのは姉さんに任せるとして、情報収集なら私にお任せを」

オリヴィアがルークと共にいるようになっても、五年もの間離宮で辛酸をなめさせられ——かなり自由気ままに出入りしていたとしても——ていたふたりの侍女の鬱憤は、まだ完全に晴らせていないようだ。久しぶりにふたり揃って凶悪な顔になる。

帝国に来てからはそんな様子は見せなかったので、オリヴィアも油断してしまっていたのだけれど、久しぶりにマリカの「殺ってやろうか」という意思を感じた。

「ふたりとも、落ち着いてちょうだい」

不満そうな顔をしている侍女達を宥める。彼女達の忠誠心はありがたいけれど、そんな形で忠誠心を試したくないし、暗殺という手段でグレゴールを排除するのはよろしくない。それは、五年前も今も変わらないのだ。

「とにかく、グレゴールが見つかるまでは油断しない方がいい。どこで、どんな動きをするのか——まったくわからないからな」

「かしこまりました。私と妹は、厳重に警戒いたします」

マリカもエリサも表情を改める。

もうしばらく休暇を楽しむつもりだったけれど、どうやらそういうわけにもいかないらしい。グレゴールが見つかるまでの間は、いったん休暇はお預けすることになりそうだ。

この国では婚約式を神殿で執り行い、そこから一年の婚約期間を設けるのが通例なのだそうだ。

グレゴールの行方は知れないまま、着々と婚約式の準備は進んでいく。早く結婚したければ、早々に婚約式を執り行うしかないのだ。

「一年も婚約期間が必要なの？」

「長いと思うだろ？　俺達、もう五年も待っているのにな」

「……そうね」

オリヴィアの結婚は『無効』であると、神殿も正式に認めてくれた。

グレゴールとの結婚はなかった——そもそも成立していなかったのではあるが——それでも、他の人に嫁いでいた過去があるとちょっぴり後ろめたくなってしまう。

「半年に短縮してくれと言ったら、馬鹿を言うなと母上に叱られてしまった。婚約期間にどれだけの準備をするかで、花嫁に対する愛情の深さを示さなければならない、と」

結婚するにあたり、互いに相手への愛情をしっかり示さなくてはならないというのもまたこの国の習慣なのだそうだ。

男性の側は、裕福ならば、手に入らない貴重な宝石を探したり、最高の屋敷を用意したり。金銭に余裕がない者は、新居の家具を手作りしたり、家事を覚えたりと別の形で愛情を示す。

女性の側も、花嫁衣裳の刺繍を自分で施したり、男性の好きな料理を覚えたり、新郎の母と共に社交の場に出たり。互いに相手のことを知っていく重要な期間でもあるそうだ。

そして、それは皇帝一族でも変わらないらしい。五年も待ったのだから短縮できないのかとルークは不満を隠せないでいる。

「でも、私がこの国を知る期間も必要でしょう？　ブロイラード領しか知らないんだもの」

「それも、魔獣討伐の現場と、伯爵家の屋敷だけだもんな」

帝国を訪れたことは何度もあるけれど、ブロイラード領に限定されていた。それに、観光なんてしたことはない。目的は魔獣討伐で、関係のないところに足を向けることはなかったから。

グレゴールが見つかるまでは難しいだろうが、婚約期間の間に、この国をあちこち訪問したいとも思っている。

「悪くはないわ。そうでしょう？」

そう宥めたのは、今日まさに神殿に赴こうとしているからだった。

神殿と婚約式の打ち合わせがあるのである。

グレゴールが見つかっていない今、婚約式を大々的に執り行うのは難しいけれど、できるだけ婚約を早く調えたいというのがルークの意志だった。

婚約式までの期間が延びれば延びるだけ、結婚式も後ろに回されてしまうからである。

「──中央神殿は、三百年の歴史があるのだったかしら」

「この国の建国以前からあるからな。正式にいつできたのかは神官に聞かないとわからないが」

都から少し離れたところにある神殿は、堅固な石造りである。昔は、砦《とりで》としても使っていたと聞かされれば、そう見えてくるから不思議なものだ。

「皇太子殿下、そしてオリヴィア様。お待ちしておりました」

丁寧に出迎えてくれた神官長と、婚約式の打ち合わせをする。

できるだけ早い時期に小規模で行いたいというふたりの要望に、神官長は真摯な顔をして付き合ってくれた。

「たしかに事情が事情ですから、あまり大々的に行わない方がよろしいかもしれませんね。我々としては、殿下の婚約式を盛大に執り行いたかったのですが」

「その分、結婚式は華やかにしよう」

「それはそれは、楽しみにしております」

神官長とルークが打ち合わせをするのを、オリヴィアは横で聞いていた。今のところ、オリヴィアが口を挟まなければならないような事態は起きていない。

「そうそう、皇太子妃となられる方は、前日こちらに参拝していただく必要があるのですが」

「存じております。前日に祈りを捧げなければならないのですよね？」

これは、この国独自の風習らしい。

皇帝一族に嫁ぐのでも、庶民に嫁ぐのでも、女性は婚約式の前日に神殿で祈りを捧げる決まりだそうだ。今まで育ててくれた両親への感謝を捧げ、新しい絆を大切にすると誓うという。

男性の側は、結婚式の前日に同じように祈りを捧げるそうだ。こちらの場合も同じように両親に祈りを捧げ、良縁に感謝して誓いを立てる。

「こちらの風習もよくご存じなのですね」

「学びましたから」

ルークと暮らす以上、この国の慣習を無視するわけにはいかない。

シェルトの名声を高めるために魔獣討伐で飛び回っていた夏の間も、隙間時間を見つけては、この国について学んできたのだ。必要最低限ぐらいのことは身に付いているはずだ。

「神官長、殿下、よろしいでしょうか？　ただいま、地方から報告が入りました」

若い神官が、なにやら書類のようなものを持って入ってきた。

「よろしければ、お庭を案内させていただきたいのですが。神に捧げる花を育てていますから、この神殿の花畑はなかなか素晴らしいのですよ」

「見てきてはどうだ？　こちらは少し時間がかかりそうだ」

ルークが厳しい顔をしているのを見て、オリヴィアは悟った。たぶん、オリヴィアに聞かせるのはまだ早い報告なのだろう。

「私は、お庭を拝見して待っていますね」

察した以上、この場にとどまらない方がいい。オリヴィアは、知らせを届けた神官に案内されて庭に出た。

真っ先に目についたのは、終わりの時を迎えようとしている素朴なコスモス。それにケイトウ、秋の薔薇。その他にも様々な種類の花が育てられているようだ。秋から冬に移り変わろうとする頃合いだというのに、この庭は華やかだった。

「冬の時期はどうしているのですか?」

「お城の温室で育てている花が届けられますし、冬に咲く花もありますから、問題ありません」

どうやら、この国では神への信仰を大切にしているようだ。いずれオリヴィアの役目になるのだから、嫁いだらオリヴィアも花の世話を手伝うようにと皇妃から言われている。

きっと、神殿に届ける花を育てるためなのだろう。

「……あら?」

花に見とれていたら、オリヴィアを案内してくれた神官が、もうひとりの神官と話を始めている。ここまで問題が追いかけてきたのだろうか。

勝手に離れるわけにはいかないから、話が終わるのを待つことにした。

と、あとから加わったひとりが、こちらに向かって歩いてきた。フードを目深にかぶっているから、顔は見えない。

近づいてきた神官は、フードを肩の後ろに払い落とした。その顔は、オリヴィアもよく知っているもの。

「……グレゴール?」

思わず目を見張る。脱走したグレゴールが、なぜ、ここにいるのだろう。

こちらを見る彼の目に、首の後ろがぞわっとした。

今まで、グレゴールからこんな目で見られたことはなかった。欲情ではない。だが、彼の目にはオリヴィアを逃さないという色が浮かんでいた。

「捜した。ここにいたんだな」

「捜したって……私は、あなたには用はありませんよ」

グレゴールは、なにを考えてここに来たのだろう。彼の真意がわからなくて、オリヴィアは首を傾げた。

「戻ってこい。俺にはお前が必要だ」

「……え？」

「お前が戻ってきさえすれば、俺は王になることができる。今度こそお前を、愛してやろう。お前を王妃にしてやる」

「あなた、馬鹿なの？」

あんまりなグレゴールの言葉。出会った頃でさえ、彼からそんな言葉を期待したことはなかった。

思わず、頭をのけぞらせて笑ってしまう。

今さら、どの面下げてオリヴィアに復縁を求めに来たというのだろう。

「復縁？　愛してやる？　冗談でしょう。あなたの愛なんていらないわ！　そして、私があなたを愛することは絶対にありえないの」

グレゴールはオリヴィアを愛してやるというけれど、そこに愛なんてない。彼が持っている愛は自己愛だけ。

オリヴィアを捜してここまで来たのは、オリヴィアがあの国の『王妃』だったから。オリヴィアを王妃としておけば、王位に返り咲ける——なんて愚かなのだろう。

「あなたが私に言ったのよ。私を愛することはないって。どうして、私があなたを愛すると思ったの？」

ショックを受けたような顔をしているグレゴールに、なおも言葉を叩きつける。自分が、こんなにも意地が悪い口調で話すなんて、考えたこともなかった。

「せめて、信頼を築きたかったわ。私と、この国の王の間に——そして、あなたに王たる資格はないわ。民を見ない者が王座についていてはいけないの」

グレゴールは、ますます顔をゆがませる。オリヴィアの言葉は、彼の痛いところをついたのだろう。

「お前は、そうやって、いつも俺を馬鹿にしていた！」

グレゴールが、拳を強く握りしめた。両足に力が入ったのがわかる。

（……このぐらいなら、問題ないわね）

戦うことを知らない者が相手なら大問題だが、オリヴィアは戦う術を知っている。オリヴィアの目からしたら、グレゴールの拳はあまりにも遅かった。

さらっとかわし、ついでに足でも払ってやろうとしたその時——。

「俺の妃に手を出されては困る」

「ルーク！」

どこから現れたのか、グレゴールの後ろに回り込んでいたのはルークだった。グレゴールの手を取ったかと思ったら、あっという間に地面に組み伏せてしまう。

「やめろ、離せ！」

グレゴールはじたばたとするものの、ルークにかなうはずない。腕をひねられ、グレゴールは耳障りな悲鳴をあげた。

「――オリヴィア！　お前は、俺の妃だろう！」

悲鳴をあげながらも、そんな言葉を吐き出す余裕はあるらしい。オリヴィアは、彼の前に歩み寄り、膝をついた。

ルークに組み伏せられたグレゴールは、苦痛に顔をゆがませながら、それでも懸命に顔を上げてオリヴィアを見据える。

「あなたは、私を愛さないと言った。私も、最初からあなたを愛せるとは思ってなかったわ。ルークを愛していたし、今でも愛しているから」

「最初から俺を裏切っていたのか！」

ルークがさらに腕をひねったらしく、グレゴールはまた悲鳴をあげた。

たしかに、裏切りと言われれば裏切りだ。グレゴールを愛せないだろうと思いながら嫁いだのが罪と言われればそうかもしれない。

――でも。

「男女の愛にはならなくとも、家族愛なら育てられると思ったわ。それも無理なら、国を治める同志としての信頼関係を育てられれば、とも思った。あなたのところに嫁いだ時は、初恋は封じたつもりだったのよ。あの時にもそう言ったでしょうに」

目の前に膝をつき、正面から顔を見合わせてグレゴールに告げる。夫としてのグレゴールを立てていくつもりはあった。国王としての彼を支えるつもりはあった。

「最初に、その決意を踏みにじったのはあなたでしょう？　グレゴール・ベリンガー。今のあなたの状況は、あなたの行動の結果でしかないわ」

三年。オリヴィアがグレゴールを完全に見放すまで三年待った。その間、国を顧みることなく遊蕩にふけり、国力を衰退させてしまったのは、グレゴールの責任だ。

「あなたのもとには戻らない。私は、この国で生きていくわ。私の愛する人と共に」

「離せ！　この――――！」

言葉の後半は、聞くに堪えない罵詈雑言《ばりぞうごん》になる。一応国王という身分にあったはずなのに、どこで学んできたのかと思うほど下品な言葉だった。

「誰が離すか」

ルークは、拘束する手にますます力を込めた。強烈な痛みを覚えたのだろう。グレゴールは、オリヴィアをののしるのをやめた。

「この国に入ったという報告を受けた時には、驚いたぞ。まさか、ここに来るとは思ってもいなかったがな」

「どうやってここに来たの？」

組み伏せられたグレゴールに問いかけてみるが、当然答えはない。むくれた顔になり、それでも目はギラギラとオリヴィアを睨みつけている。

「神官の一部が、協力していたようだ。そっちは、これから探し出す」

「……神殿に多額の寄付をしていたみたいだから、そのせいかもしれないわね」

オリヴィアと結婚していた間も、グレゴールは神殿には多額の寄付をしていた。

聖女と認められたケイトが神殿ではなく、グレゴールの側で生活することを許されたのにも、大いにその寄付金が役立っていたのだろう。

「それについては、新しい神官達と話をしていくさ。だいぶ入れ替わったはずなんだがな」

手際よく縄をかけ終えたルークが立ち上がる。その縄はどこから持って来たのか気になるが、聞かない方がよさそうだ。

「なあ、グレゴール。王ではなくなったにしても、シェルトの庇護《ひご》のもと穏やかに暮らすことができるんだ。それで十分ではないか？」

「う、うるさい！　俺は、王だ！　それは今も変わらない！　俺の王座は、奪われたんだ。奪われたものを取り返してなにが悪い！」

「……それは、自業自得というものでしょう？　あなたは、民を捨てたのだから。それに、私だって、最初からあなたを王座から引き下ろそうとしていたわけではありませんからね」

王だと主張するのであれば、オリヴィアを離宮に押し込めるべきではなかった。

オリヴィアは覚悟を決めてグレゴールに嫁いだのだし、最初から王としての役割を放棄していたのはグレゴールだ。

「オリヴィア、悪かった。戻ってきてくれ」

まだそう続けるだけの元気があるというのは、逆に賞賛すべきなのかもしれない。その努力は、別の方向に向けるべきではあったが。

今さら、オリヴィアの愛を願ったところでもう遅い。先にオリヴィアの気持ちを踏みにじったのはグレゴールで、オリヴィアにはこれ以上彼に付き合う理由もない。

「ルーク、あとのことは……お願いしてもいい？」

「わかった」

グレゴールには目もくれず、オリヴィアは向きを変える。シェルトには、あとで手紙を書いてやろう。グレゴールの愚かな行動を、これ以上気にしなくてもいいように。

背後では、まだグレゴールがなにかわめいている。けれど、彼の言葉は、オリヴィアの耳には届かなかった。

エピローグ

扉の外で、行ったり来たりしている足音がする。鏡の前に立ったオリヴィアはくすりと笑って、ドレスの裾を直しているマリカを見下ろした。

「もういい？」

「よろしいですよ」

「だめです。オリヴィア様、髪飾りがずれていますっ」

マリカの許可を得て歩き出そうとしたら、慌てた様子でエリサが声をかけてくる。

ずれかけていた髪飾りをしっかりと留めてもらい、扉を開いてもらった。

「私、ずいぶん待たせてしまった？」

「別に、待ってない。ちょうどよかった」

首を傾げながら見上げれば、ルークは照れたように顔を背けた。耳が赤くなっている。

先ほどから行ったり来たりしていたのは、扉越しに聞こえていたのだけれど……。

昨夜しっかりと神殿で祈りを捧げてきたオリヴィアは、今日は朝から侍女姉妹によって磨き上げられていた。もしかして、ルークの目にはいつもより美しく見えているのだろうか。

（……ここは、追及しない方がいいのでしょうね）

オリヴィアの支度が調うのを待ちきれなかったというのであれば、微笑ましいではないか。

「……とても、綺麗だ」

「あなたが選んだドレスですもの。最高に、私に似合うに決まっているでしょう？」

アードラム帝国では、皇帝一族に連なる者は、貴族達の前で婚約したことを発表してから一年の準備期間が設けられるのが通例だ。

オリヴィアが、帝国に来てひと月。今日はルークとの婚約式なのである。

ストラナ王国で、シェルトの即位式の準備をしながらも、ルークはしっかり帝国と使者のやり取りをしていたらしい。

オリヴィアが帝国に到着した時には、山のような布が用意され、婚約式のドレスはどれを使って仕立てようかと、ふたりで長時間悩んで決めた。

ルークが選んだのは、黒であった。普通、婚約式に黒はまとわないだろうと思うのだが、どうしてもルークはルークの色を使いたかったそうだ。その独占欲を嬉しいと思ってしまうのだから、オリヴィアもどうかしている。

とはいえ、めでたい席なので喪に服す黒ではなく、選ばれたのは華やかな黒であった。金糸を織り込み、キラキラと輝く黒。

スカート部分には、金のレースが重ねられている。上半身には大きな装飾は施されていないのだが、グレゴールの断罪の場にも身に着けたガーネットとダイヤモンドの装身具が輝きを添

えている。

髪は緩やかに巻いて一部だけ結い上げている。そこに挿されたのは、金と黒玉を使った髪飾り。どうにもこうにも独占欲を主張したいらしい。

とはいえ、ルークの色をまとうのは、オリヴィアにとっても念願である。

彼がオリヴィアを独占したいと思ってくれているのであれば悪い気はしない。悪い気はしないどころか、嬉しい。

「そうだな、俺の色だ」

今だって、ルークの瞳に浮かぶのは独占欲。それを心地いいと感じてしまうのだから、オリヴィアもどうしようもないのだろう。

彼のキスが、ふっと唇をかすめてオリヴィアは笑った。

こんな風に不意打ちでキスをされるのは何度目なのだろう。すでに数えることはできないし、きっと、これから先何度も同じように口づけられるのだろう。

「私達、幸せになるわね」

「もちろんだとも」

心置きなく、ルークと見つめ合うことができる。

諦めなければ、人生はいい方向に向かうのだと、絶望していた十五の少女に教えてあげたい。

あの時、切れてしまったと思っていた縁は、途切れることなく続いていたのだ、と。

「どうした？」

「ううん、一年が長く感じられそうと思って」

オリヴィアとの結婚には、反対する声も大きかったと聞く。けれど、オリヴィアを迎えに来た時には、ルークはそれをすべて封じていた。オリヴィアが想定外に歓迎されたのは、ルークの暗躍があったらしい。

やっと堂々とルークの隣に立てるようになったのに、婚約期間が一年も必要なのはずいぶん長い。長すぎる。

「俺だって、一年は長いと思うさ。でも、一年じっくりと準備ができると思えば悪くないだろう？」

「それもわかってはいるのだけど」

最初の結婚は、あまりにも急なものだった。手直しをした母の花嫁衣裳を着る機会には恵まれたけれど、それだって、大急ぎで進められたもの。

今回の婚約式もそう。準備にかける時間をそれほど多く取ることはできなかった。

「だから、一年ゆっくりと準備を進める機会を与えられたと思えばいい」

「本当に、あなたって――」

オリヴィアを乗せるのが本当に上手なのだ。多少嫌だと思うことがあっても、ルークが言うのならば簡単に受け入れてしまう。

「さ、行こうか。俺とオリヴィアが最高に幸せだってところを見せてやらないとな」

ルークがオリヴィアの肩を抱く。

「もうっ、あまりふざけないで」

そっとルークを追いやったけれど、やっぱり悪い気はしないのだ。

今日、この日を迎えるまでずいぶん遠回りしてしまった。遠回りした分、これから先もずっと、一日、一日を大切にしていきたい。

これから先はずっと一緒。どんな苦難だって、ふたりが揃えば越えていける。

「そうね。そろそろ行きましょうか。あまりお待たせするのも悪いでしょうし」

どうか、一日でも長くこの幸せが続きますように。

そう願いながら、オリヴィアは一歩前に踏み出した。

番外編　こんな夜にはあなたが恋しい

このところ眠りが浅い。結婚式が近くて緊張しているからだろうか。

オリヴィアはふわっとあくびをした。

「……これで十分じゃないかしら？」

「なにをおっしゃるんですか。まだイケます」

あくび交じりに口にしたら、スカートの裾を直しながらマリカは器用にこちらを見上げてきた。

「姉さんの言う通りですよ。まだイケます」

「けっこう重いのだけど？」

オリヴィアの身を包むのは、真っ白な花嫁衣裳。かつて、グレゴールのもとに嫁ぐ時に着用したのと同じ品である。

もともと母の花嫁衣裳だったものを、オリヴィアに合わせて補正して着用した。その時にも、刺繍したり、宝石を追加したりと、母のものと同じに見えないよう加工された。

「オリヴィア様は、最高に美しく輝かねば」

「姉さん、ここに真珠を追加するのはどうかしら？」

オリヴィア本人は、二度目の結婚式ということもあって、そこまで派手にするつもりもなかったのだ。だが、それを許さなかったのがルークである。

『あれは結婚していたうちに入らないし、俺が盛大に祝いたい』

と、国を上げての一大行事にしてしまった。

皇太子の結婚といえば、本来盛大に祝うものであって、できればひっそりと思うオリヴィアの方が間違っているのだろう。なので素直に従った。

今回は婚約から婚儀まで一年あるとあって、グレゴールとの婚儀の時に大量に縫い留められた宝石は、一度すべて外された。

ドレスの身頃にもびっしりと刺繍が追加され、宝石が縫いこまれ、いっそ防具代わりになるのではないかと思うほどの頑丈な仕上がりである。

スカート部分にも新たにチュールレースが追加され、そこに刺繍、さらに外された宝石に加えてルークが持ってきた宝石が追加され――結果、オリヴィアのドレスは、着用しただけでずっしりと身体に重みがかかるようになってしまった。

たしかに、オリヴィアは体力があるし、ひ弱な貴族令嬢ではない。他の令嬢なら身動きもままならないドレスにも耐えられるだろうけれど、いくらなんでもこれは重すぎではないだろうか。

そんなことを思いながら、じっと見下ろす。

「いいわね、エリサ。そこにも真珠を追加しましょう――できるかしら？」

「承知いたしました」

側に控えているのは、ドレスの仕立て直しを請け負ったデザイナーであった。侍女達だけではない。ルーク直々に「頼む」と熱心に依頼されたらしく、デザイナーも針子達ものすごく気合いが入っている。

たしかに、美しいドレスだ。

このドレスに身を包んでルークの花嫁になるというのが信じられない。彼のことを忘れようと無駄にあがき続けながらグレゴールに嫁いだ十五の頃。そこから続くオリヴィアの気持ちを踏みにじられ続けた数年間。

離れていた間、本当に苦しかった。でも、それももうすぐ終わりだ。

結婚式まであと二週間。ぎりぎりまでドレスの調整は行われるらしい。

脱いだドレスは万が一にも破損することがないよう丁寧に衣裳部屋へと片付けられる。デザイナー自ら厳選した針子達は、結婚式が終わるまでこの城に泊まり込みだ。

「オリヴィア、頼みがある」

調整が終わったところで扉がノックされたかと思ったら、ルークが入ってきた。心得顔の侍女達は、さっと壁際に移動する。

「あなたの頼みなら断らないわよ？」

「こいつをひと晩頼む。オリヴィアの側にいるのが一番安心だからな」

ルークが籠に入れて連れてきたのは、ルークの使い魔である鳩のクーだった。

オリヴィアとルークの間を幾度となく往復したクーは、役目を終えた今でも大切に飼われている。

「いいわよ。任せて」

「ポポッ」

籠の中でひょいと首を動かし、クーは高い声をあげた。

「あなたは私の恩人だもの。感謝しているのよ?」

籠の隙間から指を入れると、撫でてほしいというように擦り寄ってくる。それは、ルークがクーと感覚を同調させている時と大差ない仕草だった。

「頼んだぞ」

その言葉と同時に、ルークはオリヴィアの額に口づけた。

今の言葉は、オリヴィアとクー、どちらに向けてのものなのだろう。首を傾げたけれど、その時にはもうルークは早くも部屋の外に消えていた。

(……眠れないわね)

こんなにも目が冴えてしまうのなら、寝る前にハーブティーでももらっておけばよかっただろうか。

マリカが勧めてくれたのをいらないと言ってしまったのは失敗だった。

だからと言って、今から頼むのでは申し訳ないし。

諦めてベッドの中で寝返りを打った時、カタリと小さな音がした。

肩を跳ね上げたオリヴィアは、すぐに動けるように身構える。ここは帝国。オリヴィアを暗殺しようなんて人がいるはずないけれど。

「ポッポー」

「クー、だめじゃない。籠から出てきたら……ってルークね？」

のんきな鳴き声に、明かりをつける。勝手に籠の扉を開いて出てきたクーが、ベッドに移動してきた。オリヴィアの肩にとまり、頬に嘴を押し付ける。

「ポッ」

「寝ないの？」

たずねたら、鳩は首を横に傾けた。ルーク本人が部屋に来ないのは、まだ、婚儀を執り行っていないからである。そのあたりは厳しいのだ。

ぴょんぴょんとベッドの上で跳ねたクーは、傍らのテーブルに向かった。

そこから一枚の紙を嘴で挟んで引っ張ると、それをベッドに落とす。その紙には、升目で区切られた中に、一文字ずつ文字が書かれていた。

『ねむれないのか？』

と、嘴で順に文字をさしていく。結婚までの間、ルークが泊まりがけで視察に行っている時のために作ったものだった。まさか今夜も使うのか。

「眠れないってほどじゃないけど、寝つきは悪いわね。あなたは？」

『おれも』

「私達、こんなところまで気が合っているのね」

くすくすと笑いながら、クーの頭から首、背中へと撫でていく。気持ちよさそうに目を閉じて、クーはオリヴィアに撫でられるまま。いや、ルークと感覚を同調しているから、撫でているのはルークなのかも。

（……あの頃も、こんな風にしてたっけ）

名ばかりの王妃として離宮で暮らしていた頃。オリヴィアのもとを訪れたクーを何度も撫でた。ルークの励ましがなかったら、くじけていたかもしれない。

『ねろ』

ひょいひょいと嘴でそう文字を押さえたかと思ったら、クーはぴょんぴょん跳ねて枕の側に移動する。

「そうね、そろそろ寝なくちゃ」

いい加減横になって、眠った方がいい。明日も一日忙しいのだから。

明かりを消し、枕に頭を預けたら、側に柔らかくて温かなものが寄り添った。頬に触れる温かな感触。聞こえてくる心臓の音。

小さな鳩の心臓は、人間の何倍もの速度で動いている。

（……こういう気のきかせ方をするんだから困るわ）

まるで、隣にルークがいるみたいだ。オリヴィアはもう一度指先でクーの背中を撫でる。

先ほどまで眠れないと思っていたのに、あっという間に眠気がやってきた。

あとがき

雨宮れんです。

この度は、「お飾り王妃は華麗に退場いたします～クズな夫は捨てて自由になっても構いませんよね?～」を手に取ってくださってありがとうございます。本作は、【極上の大逆転シリーズ】として、四か月連続刊行される作品のうちの一作となっております。

「雨宮さん、夏はざまぁのシーズンです」と担当編集者様に言われた時には、「どういうこと???」と目が点になったのですが、打ち合わせで把握しました。本作はざまぁです。虐げられた王妃が、大逆転するお話です。

そして私は虐げられるヒロインが大好物です。最近は、かわいそうな感じのヒロインを書く機会はあまりないので、それはもううきうきとプロットを作りました。とても楽しかったです。

ここまで書いて思ったのですが、あまり虐げられていませんね……? オリヴィア、心強い味方を二人連れているし……なんなら、自力で脱出しているし。家族には溺愛されている……とはいえ、愛するルークと五年も離れ離れだったわけです。グレゴールにあのぐらいはしてもよかったんじゃないかな、と思います。

今回、イラストはわいあっと先生にご担当いただきました。赤いドレスを身にまとったオリヴィアの凛々しさ、美しさ、最高です。そっと右上にいる鳩のクーも愛らしい。

お忙しい中、お引き受けくださりありがとうございました。

ベリーズファンタジー創刊時からずっと面倒を見てくださった担当編集F様、今回はプロット確定まででしたが、大変お世話になりました。

パエリアを食べながらの打ち合わせ、毎回とても楽しかったです。またご一緒できる機会がありましたら、どうぞよろしくお願いします。

本作を担当してくださったI様。一緒のお仕事は初めてでしたが、とても楽しくお仕事をさせていただきました。本当にお世話になりました。

ここまで読んでくださった読者の皆様にも、心よりお礼申し上げます。

ご意見ご感想、お寄せいただけましたら幸いです。ありがとうございました。

雨宮《あまみや》れん

お飾り王妃は華麗に退場いたします
～クズな夫は捨てて自由になっても構いませんよね？～
【極上の大逆転シリーズ】

2023年8月5日　初版第1刷発行

著　者　雨宮れん

© Ren Amamiya 2023

発行人　菊地修一

発行所　スターツ出版株式会社
〒104-0031　東京都中央区京橋1-3-1　八重洲口大栄ビル7F
出版マーケティンググループ　TEL 03-6202-0386
（ご注文等に関するお問い合わせ）
https://starts-pub.jp/

印刷所　大日本印刷株式会社

ISBN 978-4-8137-9257-4　C0193　Printed in Japan

【雨宮れん先生へのファンレターのあて先】
〒104-0031　東京都中央区京橋1-3-1　八重洲口大栄ビル7F
スターツ出版（株）　書籍編集部気付　雨宮れん先生